心，是最好的老师

——我的教育故事

林妙真——著

中国华侨出版社
·北京·

图书在版编目（CIP）数据

心，是最好的老师：我的教育故事 / 林妙真著 .—北京：中国华侨出版社，2018.5
ISBN 978-7-5113-7646-6

Ⅰ.①心… Ⅱ.①林… Ⅲ.①散文集−中国−当代 Ⅳ.① I267

中国版本图书馆 CIP 数据核字（2018）第 060523 号

心，是最好的老师：我的教育故事

著　　者 / 林妙真

责任编辑 / 高文喆　王嘉

责任校对 / 高晓华

经　　销 / 新华书店

开　　本 / 670 毫米 ×960 毫米　1/16　印张 /17　字数 /280 千字

印　　刷 / 三河市华润印刷有限公司

版　　次 / 2018 年 6 月第 1 版　2018 年 6 月第 1 次印刷

书　　号 / ISBN 978-7-5113-7646-6

定　　价 / 38.00 元

中国华侨出版社　北京市朝阳区静安里 26 号通成达大厦 3 层　邮编：100028

法律顾问：陈鹰律师事务所

编辑部：（010）64443056　　64443979

发行部：（010）64443051　　传真：（010）64439708

网　址：www.oveaschin.com

E-mail：oveaschin@sina.com

代序：写在前面的话

黑枣

店里先有一台台式电脑，不是日常监控摄像用，就是被我用来追剧。为了比较好的写一些东西，我们添置了一台笔记本电脑。店家用了当时最好的配置，我使用了几次，就成了林老师的专用电脑。

我们家林老师，芳名"妙真"。曾经有个朋友为她拆过字：妙为少女，真是十具。也就是说，十足地少女情态。言外之意，我们家林老师比较天真，单纯，少心眼。在闽南话里，有个词"顶真"。它的意思是，做事严谨，一丝不苟，认死理。林老师一说要做什么，马上就得做，缓一缓都不行。

林老师龙师大学毕业后，分配到角美镇金山小学教语文。当年我骑着一辆自行车要骑上将近一个小时，才能从家到她工作的地方。几经波折终于把她给追到手。结婚后，调到我们村——东山村，一直到现在，再没变过。

因为我开了书店，林老师每天下班以后就到店里帮忙。她体恤我一天从早到晚守在店里，一下班，就换我出去透透气，吹吹风。然后，她就坐在收银台旁边，一面做生意，一面打开笔记本电脑写东西。

我们家林老师除了教学论文写得好，还写得一手许多人赞不绝口的散文随笔。她曾经跟我炫耀过：我的命中率比你高。这是实话，她陆陆续续写的那些生活感悟啊，教学随笔啊，很多都发表在各种报纸杂志上。之前，我和她合出了一本散文随笔集。每个反馈回来的消息都是关于她的，哪一篇写得多感人哪，谁谁看到深夜不肯合眼啊等等等等。

好几个我文学圈内的朋友，屡屡打击我说：你们家林老师的文章，写得比你好！

好就好呗！记得我曾经开玩笑说她：车子是你的名字，房子是你的名字，我什么都没有。林老师说：可是，我是你的啊！不就是什么都是你的了。哈哈哈！好吧！我的林老师。

其实说老实话，一早我有点瞧不上林老师写的东西，许多话简直就是土话直接写出来。而且，一点文采也没有。通篇上下，闻不见一丝风花雪月的味道。我和儿子常常笑话她：亏你是汉语言文学本科，亏你教了那么多年的语文，你怎么连这个词都不懂，这个字也不认识……

但是，林老师的每一篇短文里，肯定有一两处让人鼻子一酸想掉眼泪的地方，或者是，叫人心念一动，恍然一悟的细节。真实，是一种美德。不造作，不说假话，言之有物，真情流露。做到这点，我想，再怎么粗枝大叶的文章都能找到喜欢它的读者。

林老师好学，勤奋。每有闲暇，争分夺秒地就捧上一本书认真地读，或者在纸上埋头涂涂写写。这本书，就是她花了不到两个暑假的时间断断续续写出来的。

我已经很多年都不用纸笔了，都是靠一个手机，戳戳戳地写诗，写得多，写得快，很多时候就难免仓促、草率。而林老师是有一个小黑皮本的。我经常看到她往上面记着什么。只要不是账号密码（我们家的账号密码都是彼此公开的），我才懒得去看她。再说了，最终她也会叫我帮她看看，提提意见，或者做做修改。林老师的谦卑有时叫我诚惶诚恐。因此，我会认认真真仔仔细细地从头读到尾，并且假模假样地改动几个字词和标点。

很快，这种机会就没有了。林老师写的东西我已经没有能力去画蛇添足了。她真的写得比我好多了。

这本书的书名，是我帮着取的。我一直以为，心是真的可以听见、看见、触摸得到的。用不着凌空蹈虚，用不着狐假虎威，只有追随自己内心的足迹，才能找到做人的根本。这点，林老师当之无愧。

当你看到某个家长因为自己的孩子分到她的班级而欣喜若狂的时候，当你看到许多孩子因为上过她的课而欢欣雀跃的时候，当你看到一群她教过的学生跟她重提当年时的激动喜悦的时候……林老师经常把我店里的一些小文具拿去奖励学生，却从来不会布置任何一个学生来我店里买东西；林老师教过班级里的学生从来用不着另外再上什么作文辅导班，而好几个课余找她指导作文的外校的学生直到今天一见面还不忘亲切地叫道：老师好……

心，是最好的老师。这不是一句寻常的空话、套话，这本书也绝不是那种朋友圈转来转去的鸡汤文。或者，只有我能够读到里面包含的每一滴汗水和心血。尽管，我一直假装看不见。有时我会暗暗心疼，但更多的时候，我真心希望她是一位真正意义上的，具有独立人格的好老师。

在目前这种机制里头，她做得很辛苦。而我确实也帮不上什么忙，因此，她的这本书我必须认真负责地写下这些真挚的语词。除了略表歉意、敬意之外，我爱我们家的林老师，二十多年来始终不变。以后，想必也不会变！

黑枣，原名林铁鹏。作品散见于《人民文学》《诗刊》《诗探索》等；参加第十九届"青春诗会"；获 2010 年度华文青年诗人奖。已出版诗集《诗歌集》（合集）、《亲爱的情诗》《小镇书》《亲爱的角美》，散文随笔集《12·21》（与妻子合著）。

第一辑
孩子，你是我的老师

第二辑

儿子，你是我的天使

第三辑

生活，是最好的财富

第一辑

孩子，
你是我的老师

迎来送往
摆渡人

"人生天地之间，若白驹过隙，忽然而已。"庄子所言甚是。一年又一年，一届又一届，悄然之间迎来送往十几届学生，我犹如一个默默的摆渡人，来回往返，只是每年船上的过客不尽相同罢了。

刚送走的这届毕业班，是从教以来，唯一一届由一年级亲手带到六年级的孩子。从"a.o.e.i.u.ü"教起，从"一、二、三、四、五、六"教起，一遍遍，一回回，手把手，直到孩子能独立、完整地阅读一本故事书，能做一篇知识点众多的阅读文章，能写一千来字的小学文章。那是一块播撒种子的试验田，一个终身习惯养成的渐变性过程，一个硕果累累的毕业班。

毕业那天，我对孩子动了真情："希望老师给予你们的不仅仅是课本上的知识，几十年后，我更希望在你们的身上，看到老师精心播撒的种子开花、结果的影子，让我们记住这六年来师生共同成长的时光。"话毕，师生动容，眼眶都红了。六年的光阴，滴水可穿石，朽木可发芽，孩子个个出落得温文尔雅，才智双全，确实值得欣慰。

这回，又接手一个新班级，五年二班。我是他们的第五个语文老师，而且将带他们到毕业。

　　孩子成绩差是明摆着的，成绩单打印出来：全中心 20 个班级，倒数第四——17 名。更让我焦头烂额的是孩子们的行为习惯：早自习刚扫干净的地板，第一节下课后，满地纸屑又席卷而来，让你搞不明白哪来这么多废纸；衣服不懂换洗，俯身批改作业时总有一些让你窒息的异味；男生长发过耳，女生爱臭美，披肩发，脖子、耳垂、手腕满是悉悉窣窣的首饰；写字时，笔杆上千奇百怪的吊坠"叮当哐啷"作响；每次收作业，总有五六个孩子无法准时上交作业，而且理由层出不穷：写了放家里，是最多的借口；还有被弟妹扯破了；妈妈当垃圾扔了；实在没有理由，非常坦诚地说忘了做；你给他补做的时间，他就从周一补到周五，还没补完；个个都是"书法家"，字迹狂草，潦乱到基本辨不出横竖撇捺……

　　我在班会上开玩笑："同学们，虽然我们是五年级，但我们许多方面还很欠缺，还做得不够好，老师就从一年级教起吧！"万万没想到的是，期待中应该自惭、羞愧的场面，竟然被一阵"哈哈哈"的大笑取代了。啊，不错，乐观派，抗挫性强。

　　于是，我真的从头教起。除了基础知识查漏补缺，还见缝插针地进行行为习惯的养成：每天勤洗澡、换洗衣服；学会收拾、整理自己的物品；不丢垃圾、保持环境卫生；动静自如、学会约束自己；按时完成作业、做事有效率；对自己负责、不为错误找借口；与人为善、关爱他人；保持心情愉快、不怕困难等等，不厌其烦。有时我都觉得自己是那个絮絮叨叨、不讨喜的老妈子，什么都看不顺眼，什么都要管。我跟孩子们说："老师就像那只百折不挠的'小强'。"全班又一阵欢快的哄笑声。

　　经过一年的调教，现在班级基本实现自我管理，一批小助手每天各司其职，班级卫生环境大为改观，秩序井井有条，孩子们的自控力也提高了，能够安静地坐下来阅读故事书，而不会再猴急似的想往外跑，"三评比"流动红旗也经常挂在墙上，学习成绩整体大幅提高，各项赛事获奖的孩子增多。尤其有个叫陈学儒的孩子，连续两次获得福建省征文比赛一等奖。这些显而易见的变化时时提醒我，这就是进步，这就是成长，这就是师生共同努力的成果。孩子们不仅尝到了成功的喜悦，逐渐认可自己，甚至对自己的未来有了模糊的方向。当然，来自老师、家长们的肯定与赞赏，也让孩子们获得了价值感和荣誉感。这是一个美好的循环，营造了一个互相欣赏、互相促进、共同成长的关系圈。

巴尔扎克说："人的全部本领无非是耐心和时间的混合物。"我作为一个老师，或许没有超众的教育教学才能，但我有的是时间，以及无尽的耐心。虽然目前的收效还不是最满意，比上一届孩子的表现还有差距，但我一直坚信：精心播下的种子，迟早也会在这些孩子的心田上发芽的，有一天甚至会长成参天大树。

摆渡人的力量是渺小的、绵薄的，但我愿意把这些杂碎的教育故事记录下来，或许分享的人能与我产生共鸣，能明白教育的真正价值。

话外有话

老师是最像一位艄公的，撑着小船，从此岸到彼岸，从一年级到二年级、三年级、四年级……船客们上岸走了，艄公撑船返回。周而复始，年复一年，不厌其烦。"流水无情，落花有意。"摆渡人的人生更有着非同寻常的特殊意义！

一切
从头开始

　　万万没想到，第二次接手一年级新生，还是让我如此措手不及。距离第一次带一年级，已经过去了整整八年时间。看来时光并没有在我身上留下太多的柔软与耐心。

　　刚送走的那届毕业班，带了两年，我是他们的第五个语文老师兼班主任。带的时候一直嫌弃他们浮躁，沉不住气。上课时穿插说个笑话或引经据典一下，全班就 hold 不住，开始七嘴八舌地漫谈开去，男生女生都健谈，一节课要停下来制止好几次。

　　跟眼前这些"毛毛虫"对比，他们还只是"小巫"而已。

　　一年级小朋友心里，还没有幼儿园和小学的区分，上课时萌态百出：你在讲台前激情洋溢地带读"天——地——人——"，同桌两人头埋进抽屉里，走近一瞧，你会忍俊不禁，竟然四只小手拉扯着新书包上的拉链，玩得不亦乐乎；你上课逗乐了小朋友，后排那个男生一高兴，蹦到教室后面空地上，扭起屁股手舞足蹈；一会儿，一个小朋友自顾自地走来："老师，帮我拧水壶，我要喝水。"一会儿，一个小朋友站起来嚷嚷："老师，我要尿尿。"一会儿，一个小朋友捧着课本，来到我身边："老师，这个字我会读。"然后如入无人之境大声地读起来……

开学第一周，我的耳朵塞满了"老师……""老师……""老师……"。我安慰自己：别急，慢慢来！"我们正在读一本书的第一章第一节，而这本书是永远也读不完的。"这句话简直说到我的心窝里去了。

我使出十八般武艺，讲台上放着：苹果印章、红花印章、大拇指印章、笑脸印章、红旗贴纸。"谁的动作快，老师奖励他一面红旗！""谁的字写得漂亮，老师送他一个苹果！""谁最听话，老师送他一个笑脸！"……我仿佛成了一个慷慨的圣诞老人，随时随刻派发礼物。当我给小朋友的生字本盖上一个红彤彤的"苹果"时，她惊呼道："哈，快看，我又得了一个大苹果！"我一边埋着头一个接一个地批改作业，一边快速地派送"苹果"，身后总是传来小朋友相互攀比的喜悦。

第二周，小朋友似乎规矩了许多，懂得和老师同步走了。四十分钟，听、说、读、写交叉使用，勉勉强强能完成一节课预定的教学计划。偶尔还会出状况：有个小朋友低头在生字本上一笔一画地写着，写了擦，擦了写，貌似认真，实则等你巡视教室一圈下来，她的本子还空白一片，你必须手把手带她写；有个小朋友铅笔断了，开始用小转笔刀转铅笔，一根长长的铅笔转没了，还没写出一个字，你要马上塞给他一根削好的铅笔，还要再三交代他，下次要准备五根削好的铅笔放在铅笔盒随时备用，或者先借别人的用；有的小朋友听不明白我的话，你布置写一行，他写两行；你说写两行，他写一行。乱啊，一个字——乱。

整堂课，我像一只忙乱的蜜蜂，一会儿东，一会儿西，从第一张桌子开始改起，五十来个小朋友看一遍，已经眼冒金星、腰酸背痛，好不容易回到讲台，刚想伸个懒腰长吁口气，却发现有个小朋友趴在桌上呼呼大睡，走过去摇醒他，他却一脸茫然，无辜地瞪着眼睛望你。

想象中的课堂，小朋友个个训练有素、笑靥如花，像向日葵一样全神贯注地跟着老师转；腰板挺直，坐如钟；回答问题站如松，落落大方、掷地有声；读书时抑扬顿挫；写字时鸦雀无声；排队时井然有序……看看我手里这群毫无章法的"兵"，唉，漫漫长征路，刚要迈出第一步。

开学没几天，教师节驾到。没想到这群"小小猫"给了我惊喜。刚踏进教室，一声"老师，教师节快乐！"而后引发一阵高低错落的"老师，教师节快乐！"我心头一震，呵呵地笑起来：真不赖，这么小也懂得节日。惊喜还在后头：子琪小朋友递过来一张自己画的祝福老师的歪歪扭扭的画，诗琪小朋友捧来一大束花，致远小朋友竟然拎来一盒巧克力……

他们是聪明的，只是还不曾受过约束；他们是单纯的，但是必须接受教育这个熔炉的修炼；他们是率性的，只是学校会一天天剪掉他们身上的任性与张扬。

我只希望，在我的带领下，他们除了接受知识、礼仪、品格、修养外，还能够较多地保有自己的天性，比如善，比如爱，比如诚。就如我跟每届带过的孩子讲过：老师希望教给你们的不仅仅是知识，还有更多人性的美，对生活的热爱，以及对未知的好奇与热情。

"我们就好像农夫。播撒优良的种子，我们就会丰收。如果种子不好，那就难有收成。若什么也不种，则必然颗粒无收。"

此话不假。但愿这次，我从头再来一次，能给孩子们的初始之路撒下更饱满的种子，给予更多的耕耘和照管，相信花季来临，十里蓝山，姹紫嫣红，花海荡漾，芳香袭人。

话外有话

孩子就像一张洁白的纸张，你可以在上面写字，也可以在上面画画，当然，你也可以随手一团，扔到地上。但是你如果既写上优美的文字，又画上好看的图画，再裁剪出姹紫嫣红的春天……岂不快哉！

牵着蜗牛
去散步（一）

入职二十几年来，第一次碰到自闭症的孩子。

他有一个帅气的名字——祺。人长得相当清秀，细皮嫩肉，尤其两只眼睛比常人更圆溜，更闪亮，但是经常飘忽不定。

上课时，我为了吸引孩子们的注意力，让他们专注地看黑板或电脑屏幕，总会大声说："小朋友，眼睛、眼睛在哪里？"孩子们的嘴巴应道："眼睛、眼睛在这里！"所有的目光立马集中了过来。

觉察出祺的异样，是在开学后两三天。每次他坚持不到五分钟，脑袋就耷拉下去，要么望着桌面，要么藏进抽屉里，不知在忙乎什么。我发现后悄悄走进细瞧，咦，也没玩什么，有时扯着书包的拉链头玩，有时玩铅笔，玩橡皮擦。更让你吃惊的是，有时什么也不玩，十个手指头搁在大腿上麻花辫一样绞来绞去。你提醒他："要看黑板。""快读书。"他恍然从梦中惊醒，顺着你的话意欢快地说："好吧，我看黑板。""好吧，我读书。"可是，过不了十分钟，又回到原来状态。一节课就这样反反复复。全班五十几号人，总让我手忙脚乱，焦头烂额的，说实在话，落下他是经常的事。虽然他坐在第一张桌子。

有次订正练习册，订正过关的小朋友早早都回家了，只留下几个滞后的孩子。小朋友们安静地排队等候，我一个接一个快速地复改。

忽然，一阵哭声传来："我要回家！我要回家！我来不及回家了！"我抬头望去——祺，背着书包站在过道痛苦、焦躁地扭着身子。我走过去，耐心地安慰他："等你练习册订正好了，就可以回家了。"没想到他反而闭上眼睛，号啕大哭："我要妈妈！我要找妈妈！"我一时无策，适逢他奶奶接送，赶紧递上练习册："带回去订正吧。他还没适应。"

刚从幼儿园升为一年级新生，他的角色转换还没适应，给他点时间吧。我的脑海里忽然不合时宜地冒出一句非常诗意的话："牵着蜗牛去散步！"

但现实却很骨感。

教一年级孩子识字写字，非常艰难，认识田字格，掌握正确的握笔姿势、写字姿势，还有每个生字正确的笔画笔顺，甚至要兼顾字体的均衡美观。每上一节课，孩子一个一个检查，一个一个手把手握笔写字，累得我的腰都直不起来。

但祺在写字课上的表现让我满意，可能他比较喜欢写字，或许写字比听课更有趣味。写字前，我们都会一起说："头抬高，身子正，腰板直，脚放平。"有的小朋友撑不了多久就东倒西歪了，祺总是坐得挺直，写得认真。当我夸奖他："啊，写得真棒！"他马上接口说："我真棒！"后来，我发现每次我夸奖他时，他总是顺着我的话回应："我真认真。""我坐得好。""我有进步。"他这种自我认可的意识比别的孩子更强烈。

我安排一个能干、伶俐、热心肠的小女孩与他陪坐陪读，随时提醒他、督促他、帮助他。虽然他永远落在班级最后一个，但他总是笑眯眯的。即使考不及格，二十分，三十分，他拿到考卷会说："哦，我没考好！"每次我用橡皮擦使劲地擦干净他没写好的生字，他会说："哦，我没写好！""好，我重新写！"他的语气轻松自然，偶尔还伴随着欢快的声调。在他的世界里，没有失败，没有伤心，没有难堪，甚至没有懊丧。

由于上课专注力极其缺乏，他的成绩让老师和他的家人非常揪心。他奶奶放学接他时，如果见到我留下他来订正作业，就痛心疾首地怨叹："哎，我一个月两三千元不去上班，专门辞职带你，还考不好。明明在家教你教得好好的，什么都会做，怎么来学校又不会啦？真拿你没办法！"喋喋不休的奶奶让我怀疑祺的智商，因为做题时，他会把题目上的字当成答案，一字不漏地工工整整地照搬到下面的括号里，根本不理解题意。但他有个优点，从来不空着题目，每道题都填得满满的，只是文不对题。

期中考后，我抽空陪着他一个字一个字地指着读题，居然发现他也认识了许多字，竟然也能完整地读完一道题，一个句子，能准确地写下答案，比我想象的好多了。

我记得，教师节那天，祺的妈妈带着他，他手上紧紧地攥着两朵花，拘谨地走到我的面前。他的妈妈不停地催促："说呀，说呀，怎么说？刚才你不是说得好好的呀？"妈妈急得额头都冒出汗了。而祺一脸笑意，眼睛迅速瞥了我一眼，马上垂下眼皮缩到他妈妈胸前。我明白了，笑眯眯地说："来，跟老师说什么？不着急，想一想，怎么说？"他想了好久好久，久到我都要放弃的时候，他忽然转脸飞快地瞄了我一眼，说："老、老——师，教师节快乐！""啊，真棒！"我向他竖起大拇指，"谢谢你！"他马上接口说："我真棒！"妈妈再次催他："花呢？花呢？"他腼腆地把花递给我，又像含羞草一样迅疾缩回妈妈怀里。

他妈妈充满歉意地告诉我，祺出生两岁多，发现他不仅说话迟，还无法像正常孩子一样反应、交流。带到医院检查，医生给出的检查结果是自闭症。这无疑是一种巨大的打击。妈妈的眼眶都泛红了，喃喃自语："我会努力的！我会努力的！"

我忽然心生愧意，我和他的家人一直指责他不认真，不好学，却无法坐下来安安静静地陪他，一个字母一个字母地拼读，一个汉字一个汉字地认读，等待他思考，等待他写下正确的答案。因为我们大人们没有时间，没有耐心。我们过于焦虑急躁，缺乏足够的宽容，渴望一只小小的蜗牛能和兔子并肩奔跑。

牵着一只蜗牛去散步。他可能是一只懒散的蜗牛，或者是一只稍有瑕疵的蜗牛，老师们，爸爸妈妈们，如果我们放慢步伐，蹲下身子，注视他，等待他，陪伴他，总有一天，他也会爬到自己的彼岸，看云卷云舒，花开花落。

话外有话

自闭症，一直是个让人看不到光明、看不到未来的病症。顾名思义，一朵本来正常怒放的小花，却始终闭合，迟迟不肯开放，实在让人着急。我觉得，这个世界上没有什么真正的病。缺乏耐心，丧失信心，对生活失去希望才是无可救药的。

牵着蜗牛
去散步（二）

"蜗牛背着重重的壳呀，一步一步地往上爬……"一唱起这首歌，我就不由自主地想象到一个稚嫩的身影——祺，仿佛背着重重的壳，负重前行，小小的身子摇摇摆摆，跌跌撞撞，但却一往无前，坚定无比。

祺，永远扬着一张纯纯的笑脸。憨憨的笑，羞涩的笑，无瑕的笑。

有时他突然抬起头，望见你的目光对着他，马上嘴角上扬，羞涩地咧嘴一笑，而后像被惊吓到的小鸟一样，迅速垂下眼帘，嘴里喃喃自语着什么。

有一天上课间，他自顾自地走到我跟前，张开小嘴，手指着牙齿："我，我牙齿掉了。"因我忙着订正孩子们的作业，没有马上接上他的话，结果他又说了第二遍。我放下手头作业本，对他说："没事的，牙齿掉了还会长出来的。"没想到他一反常态地欢悦起来："啊，太好啦！我的牙齿还会长出来。太好啦！"望着他雀跃的样子，我想：在他小小的心里，可能一直存有恐慌，牙齿掉了，怎么办？怎么办？老师的话让他吃下定心丸，相信牙齿还会再长出来。

这学期，我发现他认字的积极性高了很多，认的字也多了许多。有时我特意把展示的机会让给他，虽然他还会沉思很久，辨认一会儿，但还能勉强读得出来，甚至能组简单的词，当然笔画繁多的生字就无法完成。

第三单元，祺考了三十七分，比之前的二十几分进步了。于是我试探他："祺，下单元只要你考上四十分，老师就奖励你一颗'草莓'！"

他听了非常欣喜："好的，好的，我要考四十分。"

纯以为说说罢了，因为我确实无法相信他有多大的把握。第四单元，他竟然考了四十三分。发考卷时，我特意在全班孩子面前大大表扬了他，当他听到全班孩子们为他响起的掌声："棒棒棒！你最棒！"激动得眼睛发光，语无伦次："我最棒！我最棒！"

他打开语文课本，看着我郑重地把"草莓"贴纸贴到书上，高兴得转了几圈。

眼看期中考临近，我还想试试他的水平，把他叫到身边："祺，明天我们期中考试，你只要考上五十分，老师就送你一颗'顶呱呱'。"旁边一个孩子插嘴："老师，应该两颗'顶呱呱'。"我一口答应。

祺伸出小指头，我明白了，马上也伸出小指头，和他拉钩："祺，加油！"

他垂下眼皮笑眯眯地说："好吧，我加油！"

下午考完试，我连夜改出卷子，祺，四十七分。虽然离五十分还差一点点，但已经非常了不起了，对祺来说已经是突破了。我在他的语文课本上非常认真地按下两颗"顶呱呱"贴纸，全班孩子们又送给他震天响的掌声："棒棒棒！你最棒！"

他的眼睛笑成了一条线，嘴里不停地自语："我最棒！我最棒！"

祺出生不久便被医生诊断为自闭症，从外表看，与一般孩童无异。听他妈妈说，祺爱看动画片，能长时间坐着不动，看完还绘声绘色地讲述故事情节；爱玩玩具，一辆玩具车可以玩很久；有时调皮或不认真，妈妈生气起来要修理他，他还会灵巧地跑来跑去，跟妈妈捉迷藏："好啊，好啊，看你能不能抓到我？"但他对学习的专注程度偏浅，长有十来分钟，短则才三五分钟。尤其那双眼睛，你必须不断提醒他看黑板，看屏幕，看书，否则他会不由自主地耷拉下脑袋盯着桌面无所事事。这学期比上学期好些，肯双手背后端坐桌前，即使什么事都不做。

有段时间，他特别不安分，课本不打开，考卷忘了带，作业也不写，一个人坐在那自言自语，完全没有跟上我的教学节奏。我吓唬他："你再不认真，我就把秀调走，让你自己一人坐。"他慌了："我要认真。我要认真。"祺回家告诉妈妈：他喜欢同桌秀，秀会借给他本子、铅笔、橡皮擦。秀，我是特意安排的，这个能干、伶俐、热心肠的小女孩，在管好自己学习分内事时，会督促、提醒祺认真听课、翻书、找本子、帮助他订正练习册、作业本。我希望借助她的力量能多多少少帮助祺一些。

有一次，我跟祺妈妈建议：要不考虑让祺去特教学校，那种小班化的特殊教育会不会更适合他，看他能不能有更好的发展。但这个提议被祺的妈妈否决了。她想让他在这种正常的教育环境学习生活，不想把他孤立、异化，担心影响他的身心发育，影响到以后的成人生活。祺妈妈强调：他智力没有问题，他看完电影会跟我说谁是好人，谁是坏人；跟我说着火时要赶快跑，不然会被烧死；会跟我讨价还价，作业做完要吃什么什么的，考上多少分要买什么玩具；跟我说秀是他最好的朋友；说他喜欢语文老师，会奖励贴纸。

是的，可能祺的智力确实没有问题，但因为他的兴趣不在于此，或者潜意识里排斥这种讲规矩受约束、要读书写字考试、有压力的学习生活，结果学习习惯滞后，导致他永远落在一个群体的末尾。现在他年纪小，不知一百分和四十分的区别，不知第一名和最后一名的落差。但时间久了，等他稍大一点，他应该听得懂孩子们的那些话："哈哈，三十分！""啊，最后一名。"或者"傻瓜！""笨蛋！"之类的，这些像刀子一样的话语会不会伤害他？会不会让他一辈子永远垂着眼帘，低头做人？

或许这些仅仅是我杞人忧天。

笑眯眯的祺，在他的世界里，永远一片光明，一路坦途，没有对比，没有嘲笑，没有打击，没有失败，就像一只背着重重的壳的蜗牛，低头前行……

话外有话

造物主造了蜗牛就是要让它慢下来，慢慢地欣赏一路风景。你有没有想过，一只像火箭一样迅疾的蜗牛是什么样的？慢，不是病。只要我们给它时间、耐心，再慢的蜗牛也会抵达终点的。

东西
哪去了

一上讲评课，每当我刚开口："现在我们来讲评。"底下孩子的举动就会让我抓狂：他们不是一本正经地等待讲评，而是马上埋下头翻找书包，从前袋翻到后袋，从里翻到外。更夸张的，有人直接把书包里的东西全部倒在过道的地上，蹲下身着急地翻找。这样的过程，乐观的话要五分钟，郁闷的是有时要持续十来分钟，而且你还得瞅着他着急帮不上忙，他皱着眉，苦着脸，嘴里叨念着：在哪里呢？在哪里呢?

一次兴起，突击检查书包。女孩子的还好点，书是书，本子是本子。男孩子的大都不敢直视：书边角卷曲，刚发一个月的硬挺挺的新书，早已失去它原先清新的模样；本子更脆弱，掉皮的掉皮，卷成像咸菜一样的也有。有两个书包更奇葩，散发出难闻的异味，这是日积月累的"战果"。眼前这群孩子，都已经是五年级的孩子了。

于是我当机立断，放弃讲评，安排了一节"整理收纳课"。

"孩子，能够掌控自己的生活，让生活有条不紊，首先要具备整理和收纳的能力，要有爱物惜物的感恩心。只有把东西收拾整齐，各就各位，得心应手，效率才会提高，心情才会愉快。

"回去准备几个文件袋，分门别类装报纸、装本子、装考卷……已讲评好的试卷、材料装一袋；分发、未讲评的装一袋；各科还可分开；暂时用不着的可放家里；东西多，书包装不下，可再备个环保袋拎着，比如故事书、词典、手工工具等。书包整理清楚，用具准备齐全，上起课来才有效率。"

我当场做了一个调查：家里备有专门写字桌的只有三分之一，其他大都在餐桌、客厅茶几上写作业。想想如今农村虽然经济水平提高了，但家长家庭教育意识依然比较薄弱。虽然大都是独生子女，顶多两个小孩，但大人整天为生计忙着奔波，早出晚归，孩子扔给奶奶爷爷带管，总会疏忽管教。

于是，我硬性规定，目前还没有专属写字桌的孩子，向爸爸妈妈申请购买，然后尽量腾出一间屋子或一处角落安放，让孩子有个歇脚、读书、写作业的专属小天地，能够安静下来，读书写字也好，拼玩游戏也好，乱涂乱画也好，发呆发愣也好。

到现在，每个孩子都拥有一张属于自己的书桌，条件好的甚至有一间专属自己的房间。书包也收拾得赏心悦目，每次取东西的速度也快了很多，丢三落四的现象也少了。

一个孩子学会细心整理自己的物件，让东西干净、整齐；学会独处、静处，不随波逐流，有独到的决断能力和自制能力；学会阅读、沉思、做梦，甚至是一些想入非非的梦。我觉得，拥有这些比知识更重要。老师课堂上授予的知识可能会随着时间的流逝而被逐渐淡忘，但这些良好的行为及思想可能会像种子一样潜入孩子的骨髓里，陪伴终生。

话外有话

知识也像物件一样，要学会整理、归置。每节课、每天、每周学了那么多东西，每次都着急慌乱地睁大眼睛：东西哪去了？怎么行？要学会条理有序的生活节奏，才能让人更愉快、更舒坦。

你好，
再见！

　　最平常的话语，说出来却如此艰难。一个十来岁的孩子竟然不懂得大胆说出"你好！""再见！"，不懂得与人友好交流，小小年纪一副拒人千里的冷漠架势，让我这个新接班的老师措手不及。

　　记得有天下班途中，我骑着电动车穿行在熙熙攘攘的人流中，遇见班上两个结伴而行的女同学，我马上绽开笑脸，满心欢喜地期待接纳那声熟稔的"老师，再见！"万万没想到，车子已临近她们身边，她们一脸漠然地瞅了我一眼，又转头继续私聊。我心里愕然：认错人啦？车子过去后，我心不甘，转头细细辨认，没错呀！虽然刚接手两个星期，但班上四十几个孩子，我不仅记住他们的模样，还记住他们的名字。我带着满肚子的狐疑走了。

　　更郁闷的是没过多久，班上一个学生到书店购买学习用品，碰到我，从头到尾一声不吭，问个好，告个辞都不会，全然不认识我的模样。难道这两个词真的难以出口吗？

　　班会上，我专门组织了一次如何与人建立良好关系的主题活动。我说："大家一起来设想一个场面，早上起床，爸妈板着脸说：吃饭。晚上放学进门，爸妈臭着脸不理你，你什么感受？来学校，老师、同学都不搭理你，你心情会怎样？"

孩子们马上明白了："难受！觉得爸妈不疼爱，老师、同学不喜欢。生活很郁闷，没劲，没意思。"

我顺势引导："对啊，对方这样对我们，我们难受、委屈，那你这样对待他们，他们不难受吗？"我趁机不点名地举了期初发生的两个事例，发现那三个同学脸红红的，头垂得低低的。我知道，下次他们肯定知道怎么做了。

在班队活动中，孩子们明白：我们每个个体不是单一的，与周边的人有着千丝万缕的联系，如何让自己像鱼一样和谐地游弋于这个关系网，关键是会不会恰到好处地说礼貌用语。见到人问个"好"，寻求帮助说个"请"，做错事道声"对不起"，告辞时说声"再见"……简单、温馨、暖人。自然而然，人与人之间的关系就亲近起来。

暑假结束，临近开学，附近很多中学、大学院校的孩子来书店盖"社会实践"章。好几个一进门直通通地说："我想盖个章。"盖完章一声不吭转头走人。我心生困惑：这群孩子怎么啦？是因为造假难堪，不够从容淡定，还是不懂最起码的礼仪？我较真了，对盖完章想拔腿走掉的孩子，盯着他（她）的眼睛微笑着："要说什么？"刚开始，对方反应不过来，傻愣愣地张大嘴，继而明白了，羞涩地说："谢谢！"

鹏见怪我，要盖就顺水人情，给人家盖个痛快，何必如此为难人家。但我不依不饶，一心认死理。或许他（她）的家人、老师教育不到位，或许他学得不到家，不当回事。但到我这里，要我做事，连最起码的一声"请""谢谢"都不懂得说，枉费了盖章的意义，况且这也叫"社会实践"。

孩子，如果我们心里敬畏他人，尊重他人，以善对人，相信你也会收获爱的回报。

半期考后，班里孩子互打招呼的现象多起来了。让我最享受的是：

放学，我刚背起挎包，有的孩子顾不上收拾书包，特意跑到我面前，一脸真诚地绽开笑脸："老师，再见！"好几次，看到几个孩子勾肩搭背、推推搡搡地拥挤着放学，但一到校门口的门岗亭，马上停下来，礼貌地对着保安点个头、鞠个躬："保安大叔，再见！"

当"你好""再见"的问候语，成为每位孩子的生活常态时，我们的教育就变得非常有意义了；当孩子懂得善待身边每个人，包括萍水相逢的陌生人，文明礼仪像一滴水融入汪洋大海一样自然，那我们这个世界，就是一个和谐、温情的世界。

话外有话

一位好老师，不仅是"传道、授业、解惑"，还要在日常生活中，以身作则，言传身教，带给一个孩子良好的行为习惯，以及身心素养。

孩子，
对不起

　　"教育是一个逐步发现自己无知的过程。"杜兰特这句经典名言不仅适用于孩子，也适用于每个教育者。有一件羞愧之事必须重新提起，它时时警醒我自己，教师不是绝对的权威者，高高在上的圣人，教师也要像孩子一样在不断的犯错中学习、反思、改过。

　　那天，课刚上十来分钟，校长临时有急事找我。我犹豫了一会儿：要不布置个作业让孩子们做，我去去就来。于是急火火地布置作业，交代纪律注意事项，并允诺表现好的，老师回来有奖励。虽然心里万般不放心，但存侥幸心理：去去就来，不会有事的。

　　没过十来分钟光景，班长就脸色铁青、气喘吁吁地跑来报告："老师，老师，同学打架啦！"我听了心头一凛，马上揪成一团，甩下手头事情，迈开双腿往教室跑。远远听见教室里一片掀翻天的哄闹声，简直像一锅沸腾的粥，黏得让人要窒息。刚跑到走廊，"老师来啦！老师来啦！"眼尖的孩子大声惊呼起来。

　　等我冲进教室，其他的孩子们早已手脚敏捷地坐回原位，大张着嘴巴瞪着我，仿佛我是哪个不速之客惊扰了他们。只剩下两只"斗牛"面红耳赤地对峙着，大口大口地喘着粗气，身上留下"战斗"后的痕迹，都"挂彩"了：衣服被撕破，脸上触目惊心的抓挠印，还渗着血珠。可以想象，"战斗"刚刚是多么惨烈。但盛怒之下，我完全没有怜惜之心，反而怒火冲天，"啪""啪"两声，非常利落、毫不留情地给两个脑袋各甩了一巴掌，本来还剑拔弩张的两只"斗鸡"瞬间垂下了脑袋，"吧嗒、吧嗒"地掉眼泪，委屈、不平、伤痛、难堪……

两声响毕，整个教室静得可怕，仿佛暴风雨来临前的寂静，虚幻得可疑，甚至听得见两个小孩"吧嗒、吧嗒"泪水落地的声音。

可想而知，当时的我全然失去平时的温柔、和气，只剩下面容扭曲、慷慨激昂地训斥，句句掷地有声、义愤填膺。孩子们被我训得大气不敢喘一声。我也气得差点脑门充血，觉得全身都要爆炸。在我印象里，这种恶劣的打斗是不可能发生的。我怎么能容忍发生在我管理的班级里呢？

事后，血液回流，理智回升，我为自己盛怒之下不理智的两巴掌而后悔、羞愧。整个晚上总感觉手掌火辣辣的。失去秩序的教育是可怕的。我真心为自己的不明智举动而懊丧。

第二天，我找到那两个孩子，一手搂着一个的肩膀，盯着他们的眼睛："对不起！昨天老师太冲动了，老师向你们道歉！"两个小孩难以置信地望着我，我再次盯着他们的眼睛，慢慢地又说一遍。我发现，两个小孩原本绷得紧紧的肩膀渐渐松懈了下来，嘴角慢慢漾起了一丝笑意。旁边围观的孩子竟然"啊！啊！"地叫好，甚至有的鼓起掌来。

"现在你们也各自向对方道歉吧！"

两个孩子欣欣然握住对方的手，说："对不起！我错了！"其实孩子是没有隔夜仇的。

我再次循循善诱："首先老师不问青红皂白打你们是不对的，希望老师认错后，你们也相互不记恨。人非圣贤，孰能无错，但愿你们能够原谅。还有，他有权不让你抄作业，你要抄作业必须征求他的同意，你无权勉强对方。还有你，不许他抄袭你的作业，这是对的，但方法不对，都是同学，先提醒，阻止他，如果他强行动手抢作业，你不能用武力解决，可以等老师来再寻求帮助。你们看，都是小事，我们三人欠缺的是理智。一句话，冲动是魔鬼，下不为例！"

话刚说完，两个小孩都露出了羞涩的笑容，清澈的眼睛流露出如释重负的神色。

是的，舍得放下身段，设身处地，尊重对方，这样才能赢得学生们的认可。尤其为师者，为父母者，只有把孩子摆放在跟你同一条水平线上，才能谈得上尊重。

尊重其实是和谐的前提。后来班级里虽然还发生过一些鸡毛蒜皮的小事，但像这样惊天动地的事情再没发生过了，孩子们似乎也懂得互相谦让，懂得妥协、体谅，懂得与同学友好相处。师为人范，在孩子明澈的眼睛里，老师犹如一面明镜，映射自己的同时，也反照着他们。所以教育者要谨言慎行，因为我们的一言一行，孩子们会看在眼里，记在心里，用那杆纯洁之秤默默地衡量你的品行，掂量着你的分量。老师，你值不值得孩子尊重，关键在于你有没有真心实意地尊重孩子。

话外有话

师为人范。做老师容易，为人师表，不容易。今天，你教给学生的可能不止是知识、素养，你教给学生的极有可能是他往后的一整个人生！老师如明镜，照着自己，也映衬别人。

老师，您辛苦啦

每到下课，或是放学，琦总会特意走到我面前说一声："老师，您辛苦啦！"我有时忙得头抬不起来，就低着头回应"谢谢"，很不礼貌的。但琦从不介意，天天如此。这样的坚持对一个一年级的孩子来说，相当不容易。

有一天，琦跟往常一样走到我面前说："老师，您辛苦啦！老师，我每天都要对您说：您辛苦啦！"

"为什么？"我抬起头瞪大了眼睛，注视着这个不可思议的女孩。她一脸平静，黑黑的眼睛圆得发亮，尖尖的下巴对着我，瘦小的脸儿像向日葵一样仰望着我。

"因为您上课太辛苦啦！"

哦——我怔怔地站了一会儿：入职二十几年，第一次遇到这样贴心、执着的孩子，小小年纪就懂得疼惜老师的辛苦，让我的心里瞬间像喝了蜜汁一样甜。

琦不是一个特别聪慧的孩子，也不怎么好学，或者说还不怎么适应小学规矩的生活，还停留在幼儿园自由玩乐的阶段。有时坐着坐着就望着某一点出神发呆，或者自顾自地低下头玩铅笔玩橡皮，作业本前半部份一笔一画地工工整整地写，后半部就不耐烦地潦草起来。让她端端正正地坐上一节课，老老实实地听课写字，有点勉为其难，但只要稍稍提醒她，她都能马上改正。

成绩起伏波动很大，跟她的心情和身体状况息息相关。

琦的体质不好，天气稍微一转变，她马上就会发烧生病，原本瘦弱的身子更加弱不禁风，脸色更加苍白。有时我心里暗暗担心，一场稍大的风刮来，琦会不会被风卷走？每次琦生病休息在家，同学把作业带回去给她，她都能如数完成，甚至做得比课堂上的还好，可见她内心热爱学习，喜欢学校生活。

"老师，您辛苦啦！"这句温暖的话整整陪伴了我一个学年。每天两次，每周五天，每学期将近二十周，一学年就四十周。"我每天都要对您说：您辛苦啦！""每天"。琦这个毫不起眼的女孩，小小的心是多么坚定，多么执着，时时刻刻向她的老师表示她纯真的感激。

感慨之余，我不禁想起一位家长。有一天那位家长在朋友圈发牢骚，大约意思是：自从孩子读了一年级，她就失去了自由身，天天陪读陪写，没完没了的。质问老师，如果孩子要家长教，那还要老师干什么？

看到这则言论，我不禁吓了一跳，赶快反省自己：作业布置得多吗！难度大吗？需要家长参与的机会多吗？家长至于失去个人自由吗？这位妈妈可能带了个拖拖拉拉不省心的孩子，带得太累了。

静下心又冷不丁冒出一个问题：那孩子是谁的？家长的？还是老师的？生养孩子是一件艰辛的事情，父母把孩子带到人世，爱和责任无可非议。那培育孩子成长成才更是一件伟大的事业。老师，跟孩子毫无血缘，却陪伴他幼儿三年、小学六年、中学六年，甚至大学四年，不是爱和责任，那又是什么？

　　网络上盛传一条信息，我觉得非常中肯："老师，是这个世界上唯一一个与你的孩子没有血缘关系，却愿意因您的孩子进步而高兴，退步而着急，满怀期待，助其成才，舍小家顾大家并且无怨无悔的'外人'。善待您孩子的老师，就是善待您孩子的成长。尊重您孩子的老师，就是尊重您孩子的未来！"此话不假。晋代葛洪提到"明师之恩，诚为过于天地，重于父母多矣"。确实，老师对学生影响至深，恩重如山，有时比父母付出的还要更多。

　　但是如果一个成年人的心装满狭隘、偏激、愤世嫉俗，那他的孩子怎能有一颗宽容、感恩的心。明末思想家黄宗羲曾说："爱其子而不教，犹为不爱也；教而不以善，犹为不教也。"每个父母都是孩子成长的启蒙老师，是孩子一面澄澈的镜子，当有一天父母指责自己孩子的不是的时候，该不该反省下自身有没有错误呢？

　　琦，这个瘦瘦弱弱的小女孩，"我每天都要对您说：您辛苦啦！"是不是给我们每个家长一个善意的提醒呢？

话外有话

　　"我每天都要对您说：您辛苦啦！"这已经不是一句寻常的话语了，这是一种肯定、支持和回报，是一种最朴素，也是最诚挚的感谢和酬报。是的，在这个劳碌的世界上，我们每个人都很辛苦。只有尊重彼此的劳作，才能使一切变得美妙而舒坦。

一群暖孩子

刚刚送走一届毕业班，回过头来接到五年二班。很荣幸，我是这个班级的第五个语文老师，而且将陪伴他们到小学毕业。

简单地浏览一下班级上学年期末成绩，全中心 20 个班级，我们班居于 17 名，倒数有名。第一单元考完，5 个不及格。成绩差已经是事实，教室卫生更是让人头疼。因课桌椅不够，分到班里的桌椅都是各班淘汰下来七拼八凑成的，破破烂烂，东倒西歪，再加上满地的废纸每天进教室上课对我是一种挑战，挑战我有没有足够的耐心、足够的爱心，足够的宽容心，任重道远。

随着熟悉度加深，我了解到这个班的孩子缺失的习惯特别多：比如作业无法按时上交；课文背诵无法如期完成；书写个个龙飞凤舞，天马行空；不懂得预习、查找资料；甚至连最起码的礼貌用语也不懂，迟到、请假的人特别多。我笑着说：没事，虽然你们是五年级，但我从一年级教起吧。孩子们听了竟然哈哈大笑。这是一个乐观的班级。

开学初，事情繁杂，做什么事都紧锣密鼓的，一些作业和试卷批改必须带回家加班。有一天，因为有事耽搁了，卷子无法当天改出来。第二天我带着歉意说：同学们，老师晚上加班，尽快把卷子改好。唉，累死了！话音刚落，一个叫宸宇的男同学扬起手说：老师，别急！你太累了就先休息吧。考卷别急着改。以前我们也是好几天才发卷子的。紧接着，一个叫莹青的女孩也叫起来：老师，先休息吧！考卷别急发。顿时，一股感动油然而生。多么体贴的孩子呀！当晚，我连夜赶完卷子，登分统计、卷面分析后，将近十一点。但我的心是暖和的，是干劲十足的。冲着那两句话，再苦再累也甘愿。

再一次，那是周一，我有个事请了假。下午上班一跨进教室，好多同学见了我都嚷嚷起来：老师，你早上怎么没来？我原先以为孩子见怪我没来上课，就板着脸说：怎么啦？我有事。但跟校长请过假。这时宸宇挤过来插了一句：老师，你没来，我上课都没精神。旁边的同学也七嘴八舌叫嚷起来：是啊，是啊，老师，你没来，我们上课都没精神。

哦——原来如此。这群孩子嘴巴真甜，把我的心窝都说暖了。

带了他们三个多月，转眼间到了十二月份，区里有个去北师大培训的机会，整整七天，连同周六周日，也就是说要和这群孩子们分开整整十天。于是我早早安排功课，赶在离开前把课上完。当然这中间少不了作业多，时间紧，有的同学老毛病又犯了，索性一拖二，二拖三的，我许下诺言：只要按时完成作业，我一定从北京给同学们带礼物回来。子欣马上说：礼物要小一点，要不全班四十二个人，太多了带不回来。我心里暗暗说：礼物误了谁，也别误了这群孩子。

培训还没结束，我心里就一直琢磨，带什么东西精巧又轻便，孩子又会喜欢，最好每个孩子一份，因为两件蓬松的羽绒服早把行李箱挤满了。逛了两晚商场，最后决定买北京小特产：驴打滚、糖葫芦、麻花、茯苓饼，独立包装，刚好一人一份。

当我提着沉沉的一袋走进教室，全班同学起立鼓起掌来，我顿时觉得自己像个凯旋归来的将士，激动，充满荣誉感。等全班安静下来，我请孩子猜猜礼物。有的说是书吧，马上有人不客气地打断：不可能，书那么重，老师带不回来；接着有的说是小雪人，因为十二月的北京那么冷，肯定下雪；有的说明信片吧……当我打开袋子，捧出特产的时候，孩子们惊呆了——吃的？每人一包？课堂上能吃吗？当获得应许后，全班沸腾起来了，但又都有节制地排着队上来自选。

开吃时，孩子们还学会分享，我吃你的糖葫芦，你吃我的麻花，教室里弥漫着一种温情而亲切的气氛。望着津津有味品尝的孩子们，我给他们许诺：有机会再去北京，我还给大家带礼物。"耶——"欢呼声几乎掀翻了屋顶。

随后，我翻看了离开前给孩子们的作业——"语文老师不在的日子"，每翻阅一份，就有一股感动如细流般积聚胸膛：有的做作业烦了，想偷懒了，就想起跟老师的约定，好好上每一节课，等老师带礼物回来；有的受委屈了，就想着还有几天语文老师就回来了；林逸超竟然做梦，梦到老师哭醒了；宸宇还策划给老师办个欢迎会，给老师惊喜；几个调皮捣蛋的孩子受到同学的一致谴责，不让老师送礼物给他……

孩子的心是单纯的、干净的，就像一片未曾受过玷污的沙滩。你用什么心态去对待孩子，他们就被描上什么样的色彩；你想创造一个什么样的教育环境，孩子就会还你一个全新的世界。

　　　　　每个孩子都是天使。你生活在一群天使中间，你是快乐的，你拥有众多天使编织起来的美梦，仿佛你也是一个天使……

话外有话

永远的
愧疚

　　孩子，这么多年过去了，你已经长成一个二十多岁的小伙子了。你是否还记得我——一个曾经深深伤害过你的老师？你知道吗，你托人送来的请假条，至今我还完好无损地收藏着，你的请假条给我的人生信念带来了多么大的冲击啊！

　　记得那是1991年的夏天。9月24日，你托同学交来一张请假条。那天的情形历历在目。下午放学，学校很快人去楼空，位于山腰上的校园在失去学生后更显出她的孤寂，我的心一如这座校园，落寞席卷着我。我跟往常一样搬张椅子坐在走廊里无所事事。突然，来了一个气喘吁吁的小男孩，他送来你的请假条。我接过来慢条斯理地拆着，这点意外丝毫没有影响我的心境，请假的人在我的印象里是极糟糕的，似乎不值得我更多地用心。可是，触目惊心的事情出现了，这震撼来自一个十三岁的孩子的指责：

林老师：

　　你不让我学（读），我也不想学（读），但我要告诉你，做老师不许打学生，要骂、要罚，随你，就是不能打学生，再见，老师。

李成

9 月 24 日

　　这是我不学（读）的请求，请你答应，好吗？

　　我一时手足无措，甚至是惊呆了。这张请假条给我浑噩的意识敲了一记长长的、重重的警钟。我不由得回想起有关你这个叫李成的孩子的故事。

　　1990 年的夏天，我背着行李来到这所偏僻的农村小学，丝毫没有工作的喜悦，经历了分配过程中的种种不如意，我带着无奈而宿命的悲观走进这所学校的四年级，当那七十颗乱糟糟的头颅出现在我的眼前时，我表现出来的是厌恶和烦躁。

　　于是，"顺理成章"的，我把个人的怨气一股脑倾泻到这群朴实、善良而无辜的孩子身上。面对一些不遵守纪律、不完成作业、成绩差的同学，我使用了粗暴的方法，无视起码的人道主义和领导的三令五申。我把际遇的不如意归咎于这些看上去脏乱、贫穷的孩子。

　　你，班级的"孩子头"，说有多坏就有多坏，作业不做不交是常事；考试不及格理所当然；今天绊倒一个人，明天揍哭一个人；更甚者，经常抓一些田里的蛇、老鼠、蛤蟆放在同学的书包里，听着他们惊恐的尖叫声而咧嘴笑……对你，我百般武艺全施遍，一点也不奏效。等到放了一个长长的暑假，升入五年级的开学第一天，你来报名，但是所有的作业全没做，我怒从胆边起，打了你的手指头，然后赶你走，不让你上学。你看了我一眼，没有掉一滴眼泪，没有辩解一句，背起书包头也不回地走了。愚蠢的我竟以为你怕了我。谁知，我种种色厉内荏的行为，已在你心里败得一塌糊涂。

看完那张请假条，我的心情再也难以平静，我深深地反省了自己。一年来，我是一个多么失败的老师啊！不管当初我的学业成绩如何优秀，如今在学生眼里，我只是一个毫无爱心的施暴者，一个可笑渺小的人物。可是自以为是的我还沾沾自喜，高高在上，想清楚之后，我是多么的后悔啊！

后来，我去找了你，和你推心置腹地坐了一晚，才知你自幼丧父，需帮家里干活，以致学习跟不上。我听了后，怜爱、内疚之情油然而生。虽然我真心实意地向你道歉，请你返校，可惜你去意已定。

无言难述后悔情。我的残忍、粗暴断送了一个孩子的前途，如果当初我用爱去感染你，亲近你，用别的方式帮助你，像你这样聪明懂事、有主见的孩子，是会有出息的。就这样，你从我的班级消失了。我没能尽一个老师的责任挽救你，而你却以一颗无邪的童心挽救了我，挽救了一个沉沦、残暴的灵魂。我由衷地感谢你，没有你，就没有三年后的教导主任，就没有我今天的成绩。我的爱心来自一个孩子的谴责，但我的内心，是永远擦拭不去的愧疚。

话外有话

要有勇于认错的学生，也要有敢于认错的老师。愧疚是时间这位严师给出的反思。今天，我终于能够说出我的愧疚，整个世界都会宽宥一颗忐忑不安的心脏的。

老师，我换新书啦

五一节后那天，课上了一会儿，我不知讲到哪里，博突然站起来，高高举起语文书："老师，我换新书啦！"非常雀跃的声音。

我停下课，走过去细瞧——哇，确实是新书！一本平整、新得锃亮的语文课本！我忍不住露出笑容。博见到我的赞许，语气有点急切："是……是我妈五一放假去新华书店帮我买的！"

我接过新书，给同学们展示："来，大家看看，新不新？"全班孩子"哗"一声嚷叫起来："太新啦！太新啦！""不会再破破烂烂的。""老师，你应该奖励他两颗草莓！""对，两颗草莓！"

我把两颗草莓贴纸郑重地贴在博的语文书上。他小心翼翼地压了压，担心没贴牢。发现贴纸粘得很结实，嘴角扬了起来，露出两个豆大的小酒窝。

博去年新一年级报名，分班考试考了12分。他妈妈非常焦虑地找上我："怎么办？怎么办？"言谈中，我才知道，原来他妈妈小时候没读过书，年纪轻轻就离家出来闯荡。后来结婚生下孩子，忙于生意，无暇照顾，就把博扔在老家给外婆带。外婆不识字，也没让他上幼儿园。现在妈妈生意比较稳定，考虑孩子大了，应该带在身边培养感情。但是看到如此难堪的分数，做妈妈的沉不住气了。

就在妈妈和我交谈中，博突然插进一句话："你生下我就把我扔给外婆，从不管我！"只见他妈妈尴尬地红了脸："是啊，是啊，都是妈妈不好！"而后讨好地搂着博："这不，把你接过来，待在妈妈身边了。妈妈天天陪着你！"博并没有像一般小孩一样黏着妈妈，而是略显生硬地附和了妈妈的亲热，迅速搂一下妈妈的腰然后转身跑开了。

没有接受过学前教育的博，如此笨拙、缓慢地跟着老师和孩子们，力不从心，整天焦头烂额。刚开始，没有上学时间观念，人家在上课，他还在家里睡觉，等老师打电话了，才急匆匆地赶来；打开书包，找东西一找就是半节课，不是忘带课本，就是忘带笔盒，作业本、试卷丢哪儿都不知道；每天作业检查，都有他的名字，忘了做，或者做了忘了带；课上着上着，就东张西望，摸摸这动动那，没一刻消停；写的字简直是天书，龙飞凤舞的，你手把手教他写，坚持到第三个字又乱了；成绩更是惨不忍睹，不及格。种种的劣迹，挑战你的忍耐度。你批评他，他就睁着一双无辜的眼睛，狠命地点头："好好好！"但我想，他根本不知道该怎么做？怎么做才符合规矩？怎么做才是正确的？他的世界是一片空白，是一张白纸。

每天他干干净净、笑容满面地进学校，等到放学，却会大变样，一脸污黑，细细检查，原来是手上的铅笔灰捣的蛋。写字时，他的手掌不安地在作业本、书上摩挲，铅笔芯又粗又黑，粉末不仅涂黑了纸张，连手也涂黑了，脸也跟着遭了殃；再加上上课期间缺东少西的，慌里慌张的，魂不守舍的，作业订正不过关，小测零分的，考试不及格的，难免挨老师批评。一天下来，备受摧残，让人心生怜爱。

但是，老师也有苦衷，每天每周每月都有既定的教学进度表，上完新课要测试、检验知识掌握程度，每天都有一些书面作业要巩固。一个班五十几个人，因材施教的提法有点勉为其难，除非利用放学时间，但那种机会少之又少。

博每天都是跌跌撞撞的，当然成绩也上上下下地浮沉。

妈妈为他找了个托管班家教老师，中午和晚上就放在托管班那吃饭、做作业，到晚上再接回去休息睡觉，效果也不乐观。博不是智力问题，而是没有养成良好的生活习惯和学习习惯，以至他坐不住、听不进、写不好、跟不上。每天他都跟作业、跟本子做斗争，哪有从容的心情来听课？

两个月前，发生了一件不幸的事，博在家和工人的狼狗玩在一起，不知怎的，惹恼了狗，狗狠狠地在博的大腿和小腿上咬了几口，顿时皮开肉绽，触目惊心。妈妈开车连夜送他去了漳州175医院急救。

博出院后，在家休养，前后歇课三周。这期间，每天他妈妈会来学校带作业回去给他。我交代：看病要紧，学习可先放放。没想到博反而比在学校认真，一边输液一边写作业、画美术作业，妈妈劝他，他仍然坚持做。我很感动，这个孩子前后截然不同的表现让人欣慰。

博伤口还没痊愈就返校，走路一瘸一拐的，但他却乐呵呵地无忧无愁的。同时我也惊喜地发现：博握笔写字时坐得笔挺，字体端正有力；作业质量大大提高了，明显看出费了很多心思；生字小测竟然能够过关，真是不简单；还有所有的作业、试卷都用文件袋、文件夹整理。原来博受伤后，没去托管班那了，妈妈天天陪他读书写字，有时还手把手教他，做完的作业检查订正。

我想，受伤的博，因祸得福，这段时间肯定切切实实地享受到了来自母亲的爱。他的自律和上进，转折得如此突兀又自然。

接着，就是换上崭新的语文课本。因为他原先的那本已经破得不成样了，外皮全部脱落，内页卷曲的卷曲，掉的掉。妈妈为他换上新书啦！博小小的心是多么的激动，全班的孩子们都懂得鼓励他，让他感受到一种从未有过的认可和存在。

"六一"过后，博基本挤入中等生行列。他的表现焕然一新，每天开始享受到校园生活的乐趣，作业按时完成，东西整理到位，能跟上严谨秩序的学习生活，成绩比较稳定。

期末质量监测，博数学 95 分，语文 87 分，连品德与生活也考了 83 分。一年级生活画上了一个较满意的句号。

当孩子养成了良好的习惯，生活也好，学习也好，他就能比较从容、比较自如，并从中感受到乐趣。其实每个孩子降临人世，都是一张洁净无瑕的纸，你给他画上什么图形，折成什么形状，他就会基本成型。做父母，为师者，言行举止之间，只能慎重，再慎重。

话外有话

孩子永远是一本新书，尤其对现在很多忙得昏天暗地的爸爸妈妈来说，你们要每天早上看一看，每天入睡前再翻一翻，有许多精彩的内容，有无数意想不到的喜悦和惊奇……

光阴里的
故事

蓉，跟我相处时间实际上才短短的一年，六年级时接她们的班。但她却和我一直交往至今。

我喜欢她的孩子叫我"婆婆老师"，虽然我觉得自己还很年轻。那个白皮肤、长着卷曲短发、单眼皮却长睫毛的小男孩，今年也上一年级了。

那年接蓉这班，带得相当辛苦。首先是原来的语文老师，因为手疾从来不书写，全凭一张嘴讲课，结果学生交上来的作业错字连篇，词不达意；还有就是这是毕业班，时间只有一年，调皮捣蛋的男孩多，基础薄弱的同学多；最最要害的是我个人原因，那年我刚产假结束回校上课，孩子本来寄养在母亲家，因三妹分娩，母亲分身乏术，我在寒假结束万般无奈领回儿子。家里婆婆早逝，无人帮我带管，孩子只有一周岁半，上托儿所太小，我只好硬着头皮天天带儿子上下班。

每天上班，对我都是炼狱般的煎熬。上班时间快到了，儿子还磨磨蹭蹭，不肯吃饭、不肯拉便；结果上课上到一半，帮忙带儿子的老师急火火跑来叫喊：快快快，你儿子拉大便了！我马上中断上课思路，心急火燎地冲下楼，抱住儿子脱下裤子，顾不上换洗，"啪啪啪"几巴掌气急败坏地甩上去，儿子白嫩嫩的屁股顿时留下红彤彤的五爪印。结果，我们母子俩，小的号啕大哭，大的眼泪纷飞。

每每出了这些小意外时，我心里满是愧疚，怕耽误孩子们的功课，事后反而更争分夺秒地上课、补习。有时一手抱着儿子，一手改作业，作业改完了，儿子也沉沉入睡了。发展到最后，成绩过关的孩子帮我带孩子到走廊、操场玩，我则在教室给差生补课。那一年，我瘦到体重只剩下一百斤，人生史上最低谷。

蓉，是其中的一个。她住在我家附近。有时晚上放学，周六周日也上我家帮忙带小孩，让我腾出身做家务。

蓉还会约上几个相好同学，婷、白梅红梅双胞胎姐妹来家里。所以，每次儿子远远看见她们，就像泥鳅一样滑溜下地，扑腾腾地奔向她们，"姐姐！""姐姐！"叫得欢。玩到兴头上，还赖皮黏住人家不放手，不舍得她们回家。

时间过得飞快，一个学期结束了，蓉她们升上了初中，刚好两岁整的儿子也上美珍托儿所去了。

两条短暂交集的河流就这样飞快地各奔西东。

再见面，蓉已经大学毕业，顺利分配回家乡，成了一位中学老师，也成为国家最后一届包分配的毕业生。跟她同届的同学上完三年高中、四年大学后，找工作就要笔试面试，非常困难了。

"长大后，我将成为你！"自己的学生又成为老师，我暗暗替她高兴。

原来，当年中考，蓉没考好，以五分之差落榜高中，万分沮丧之余，在初中班主任的帮助下，上了漳州二职校。她说：当时，我只对我的班主任说，我只有一个愿望——我想上大学。职校两年，她每天朝着自己的目标默默地努力，当舍友入睡后，她还挑灯夜读，最后以年级前三的好成绩获得报考高职单招的机会，以自己的实力如愿考上了大学。大学毕业又顺利找到工作。羡慕她的乡邻、同学，只看到了她的顺境，却没有看到她成功背后承受的压力、挑灯苦读的付出。

她知足地说：说来我的运气还是蛮好的。

是的，正如她自己所说的，她是幸运的。但我知道，一个有爱心的孩子，一个懂得替人分忧解难的孩子，一个有理想、有目标、脚踏实地、埋头酝酿力量的孩子，命运之神肯定垂青于她，幸福的大门肯定会向她打开。

如今，她带着她的孩子，指着我给他介绍："这是妈妈的老师，一个非常好的老师，你该叫她婆婆老师。"

她的孩子奶声奶气地叫："婆婆老师！"

我的眼眶忽然一热，迅即想起当年瘦瘦小小的蓉，抱着我那胖乎乎肉嘟嘟的儿子，摇摇晃晃地、跌跌撞撞地在偌大的操场上嬉闹、逗趣的场景，那清亮、无邪的笑声仿佛还在耳边回响。

"流水它带走光阴的故事改变了我们，遥远的路程昨日的梦，以及远去的笑声，再次的见面我们又历经了多少路程……"罗大佑感伤的歌声萦绕耳旁——

一晃二十几年，当年的老师已经步入中年；蓉宠爱的孩子，我的儿子如今已是大四学生；而她，一个青涩已经小女孩，现在的是一个一年级小男孩的妈妈。光阴啊光阴，你带走了太多的人与事，同时也馈赠于我们更多的感动。当命运的河流再次把我们牵扯在一块，重温往日的情缘，确实是上天的眷顾。

蓉，谢谢你！

话外有话

　　在学校，我们是师生；在光阴里，我们是朋友，是孩子的母亲。你是我？我是你？都是，都不是，只有爱在时间的河流里是永恒的，熠熠生辉的。

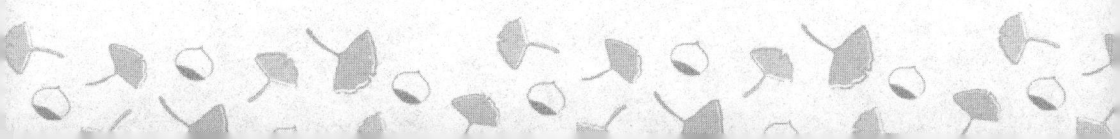

孩子，
送你一缕阳光

一天，教完古诗《望天门山》，我布置一道作业：请你展开想象，根据古诗内容画一幅画。

孩子们兴致勃勃地忙碌了一天。

第二天一早，我慢慢地翻检着交上来的画作。突然一幅画面比例和谐、线条细腻、色彩鲜艳的作品映入眼帘。我飞快地瞄了落款——丹，不禁大吃一惊。

这个小女孩，长得又黑又瘦又矮，全然没有一个五年级学生的体态，穿着极为朴素，偶尔搭配还很不匀称。左手掌连同左手臂，留着一大片恐怖的烫伤痕迹。她整天睁着一双怯弱无助的眼睛，安安静静地进进出出，课间休息大都坐在自己的位子上，不言不语。

打心眼里，我深深埋怨造物主对她的不公。上天既没有赋予她出众的外表，也不肯给予她杰出的智慧。一个相貌平凡、资质低下的女孩，今后的路该是多么曲折和漫长！

偶然间一次，我发现她对画画有特别的兴趣，而且画起画来十分专注。我特意在课堂上表扬了她。她的脸在同学们的掌声中微微泛红，两眼熠熠生辉。

　　从那以后，这位小女孩的作品越来越有长进，甚至语文成绩也提高了不少，虽然她依旧沉默寡言。但只要一听到同学们造出这样的句子："丹画的画在班级里是独一无二的。"她就会粲然一笑。

　　看到她的笑容，我有稍许安慰。

　　后来，女孩勉强上完初中，中考后报考了一所服装设计的职业学院。三年职专学习生活很快结束，毕业后找了家设计公司上班。朝九晚五的办公室生活，慢慢地，小女孩竟然变得漂亮起来了，也活泼了许多，与人交流时也敢跟对方眼神交流。她的活泼与乐观，完全来自内心对自己个人价值的认可。

　　老师一句寻常的话语，一个鼓励的眼神，犹如一缕柔和的阳光，照亮孩子潮湿、寂寥的心房。我多么希望我有一双神奇的手，它能点石成金，为每个孩子，送去充满希望的阳光，幸福而自信地走在人生的道路上。

话外有话

　　阳光是要公平地毫不偏袒地普照在大地上的，因此，老师的言行举止、一句话语、一个眼神、一个举动，有时就至为重要。不管一株草，还是一棵树，都要善于发现，因势利导。

理疗师
青

早上，接到学生青的电话："老师，肩背有没有好点？今天我休息，在家，要不您过来，我再帮您推拿推拿。"瞬间，心里头暖暖暖的，多有心的孩子呀！

那天凌晨五点多，我迷迷糊糊起身上卫生间，突觉头晕，踉踉跄跄一圈又躺回床上。糟啦！天旋地转！继而鼻子、耳朵下半部，两手臂发麻，拍打了一会儿不顶事，担心中风，赶快摸黑上医院挂了急诊。

住院三天，从头到脚检查个遍，竟然找不出突发性眩晕的病因，但医生派发的输液很快就止晕止吐了。

出院。适逢青带着果篮登门造访，可惜我关门熟睡，她只能遗憾回去。

隔天，同事彩霞用电动车载我去青家。我们两个是她小学六年级的语文、数学老师。

进门时，她正忙活着给一个病人针灸。

原来她在市医院上班，双休日回家，先是亲戚朋友找她理疗，推拿、按摩、针灸、拔火罐、刮痧她样样拿手。因为专业，干起活来又认真，每个受益的人都夸她手艺好，结果，周边的人也慕名上门求助，反响非常好。

我细细打量，十几年过去了，这个女孩衣着打扮还是那样朴素，牛仔裤、卫衣、短头发。还是瘦削的身板，笑起来依然是那样腼腆，说话时竟然局促不安地搓着手，晃着身子。时光似乎遗漏了她，没有在她身上留下什么痕迹。

青，是我六年级接班的学生，那时彩霞是班主任，数学老师。我带他们只有一年，相处时间不长，整天赶功课、赶作业、忙考试，还有查漏补缺的，记忆里好像没有多余的时间挥霍，师生交流时间较少。

青给我的印象特别深。一个女孩子，整天男孩打扮，喜欢跟男孩追逐嬉闹，不闹脾气不要情绪，性格直爽大方，不像其他女孩子，喜欢雪纺蕾丝纱裙，撒娇哭鼻子的。喜欢她，是因为她从不给老师添乱子。即使与同学相撞，自己伤了，她也马上道歉，自责自己不小心。非常通情达理的一个女孩子。印象里为人非常低调，正如她的成绩，既不出类拔萃，也不用你操太多心，永远不温不火的。偶尔考好了或考砸了，也非常淡定，下次马上回归状态。

见到我们来了，她把病人安顿妥当，便出来和我们闲聊了几句。

青，大学选的专业是骨科，专攻推拿、针灸等理疗康健技术。女孩子竟然不觉得枯燥、辛苦，一学就是八年。没有多少女孩子耐得住的。大学毕业后，在市立医院上班。好多人劝她有这门手艺可以另立门户，收益快，挣钱多，但她认为公立医院稳定些，虽然收入少一点，但学习、培训、科研机会多。她甚至憧憬有机会能到国外进修深造。这个女孩不简单啊！

送走前个病人，她开始跟我询问病情。我自己认为上课长期右手执教鞭，肩背劳损、酸痛，导致血脉不通引发眩晕。她说："老师，要不我帮你疏导疏导经络。"

于是我躺卧床上，让她推背、刮痧，半小时后，感觉好多了。

理疗，是一门技术活，也是体力活，普通人几乎会吃不消，长期做更是受不了。我看她瘦削的身板，竟有那么大的手劲。一个女孩子整天埋头自己喜爱的工作，无暇修饰打扮自己，无暇交友谈恋爱，让我不禁刮目相看，心底油然而生敬意，不是因为她是我的学生，义务为我理疗，而是着实被她对工作热情与投入而深深打动。

我心生感慨，作为老师，每天教育孩子，不应只教课本知识，不应只看学业成绩，应该把行为、品德的养成作为教育教学的终极目的，把孩子兴趣爱好的培养作为长远目标。只要孩子喜欢的、愿意做的，她（他）肯定会倾其一生、全力以赴为之努力，并在创造的过程中，享受其中的乐趣，即使再苦再累也甘心。

理疗结束，青送我们出来的时候，递上了她家自己种的南非叶，她非常细致地交代怎么吃，长期吃可以降血压、降血脂、清热解毒、抗肿瘤。并一直嘱咐生活中该怎么注意，可以预防疾病再次发生。我带着满心的暖意与她告了别。

青，一个专业、出色的理疗师，一个痴迷、专注工作的女孩，一个不甘平凡、心怀远大理想的人。

话外有话

当老师的，看到自己曾经的学生学有所成，专注工作时，内心的骄傲和欣慰，甚至比其父母更甚。这，或许也是一个老师之所以能成为好老师的重要原因吧！

女孩玲

时隔二十年——2017春节，女孩玲加我微信。我的电话是她从外甥女那得到的。她外甥女目前在我班上，一年级。

二十年过去，我还在老地方，老学校，只是学生换了一茬又一茬。而女孩玲已经走得很远很远了，走到了她想要走到的地方。

玲目前在福建省省会福州定居，是高校辅导员，工作稳定，有个挚爱的爱人，有个温馨的家，有个伶俐的小女儿。一切都非常美满。

大约在三四年前，也是临近春节，玲的一封新春贺卡翩然而至，大致意思是：老师，几次提笔都不知从何说起。现在我终于尘埃落定，在大学当生活老师，我已经结婚，对象是交往了六年的男朋友。我觉得我是幸福的。老师，谢谢你当年对我说的那些话，我至今还是忘不了，谢谢您！

字里行间，满满的幸福与快乐。我不由得替她高兴。生活终于给她了满意的交代，终于可以让她暂时停歇下来了。

想起那场高考，对玲无疑是一场崩溃性的打击。她高中是在本地最好的一中上的，成绩一直遥遥领先，月考、期中考、包括省模拟考，她都正常发挥。唯独在最关键的高考中她发挥失常，分数线够不上本一，落了个本二。这个结果对心性颇高的玲来说简直如五雷轰顶。分数出来后，她一直沉浸在失败的旋涡里，自责、愧疚，难以自拔。

高考那年暑假，她和母亲上门拜访，轻描淡写地聊了大学和专业的选择。没有更好的选择，就选了省内一所二本高校。我知道，看上去貌似平静的描述，内里是满满的失落与沮丧。我安慰她：没事，继续往前走，条条大路通罗马。起点低平台低可能付出更多，走的路可能更曲折些，但只要你肯付出，生活还是会公平待人的。

玲的内心对高考失利一直牵萦于心。上了大学埋头苦学，毫不放松，每年奖学金名单都有她的名字，结果大学毕业直接保送本校研究生，也算走出高考失利的阴影。

玲初中上的是施教区内的一所中学。初中三年，不仅成绩排名一直领先年级首位，而且办事能力极强，担任班级班长、学校团书记，做事从不含糊，只要承接的事情总是井井有条，深得老师赞赏。三年期间，我们从没见过面。我以为我们距离越来越远，以为她只是我手中放出去的一只风筝而已，不会有所交集的。

跟她结缘是我那年产假结束，因家庭原因，从老远的金山小学调到东山小学。她们班是我来东山小学接手的第二个班级。第一个班级只带一个学期就毕业了。

带玲时已经是六年级，相处只有一年。

刚开始，班级纪律特别差。我会有时抱怨自己接手的班级为什么总是那么不尽如人意。结果在班级管理上花了很多工夫。但那时的我自己带着一周岁多的儿子，既要忙家务，又要赶上班，确实手忙脚乱、心力交瘁。那时我需要一批得力的、称心的助手。以玲为首的一批班干部就这样应运而生。

每天我会给他们布置工作：比如早上值日生打扫卫生，谁来督管；

早自习谁来带读，谁来维持纪律；作业检查、背课文、小测试谁来负责；学困生谁来一对一陪读、陪写；黑板报谁来负责、设计、安排；大扫除分组，每组有专人包管；体育课专人带操……最琐碎的是日常的纪律维持。因为这个班级前期行为习惯养成没有到位，结果孩子们没有约束，散漫自由惯了，突然间碰上有人约束惩戒，再加上一些大孩子正逢叛逆期，整天炮火不断。

玲在这样的群体中立马脱颖而出。安静、自律、好强、上进。接手时她已是班长了。刚开始管理班级她比较畏事，不敢放开手脚管，我一直鼓励她，并在班级里给她足够的权力，慢慢树立她的权威，同学们越来越敬佩她。因为她不偏袒任何人，有事说事，不会因个人喜好与偏见管人。到六年级下学期，玲基本上可以独当一面了。有时碰到我有事，她也能撑一节课，课堂秩序井然。小小年纪，表现出来的沉稳，深得我的喜欢。

玲的学习根本不用老师操心，有时这单元成绩滑坡了，你一点也不用担心，下单元她马上会赶上来，而且还是超常发挥，不是第一就是第二。

学习生活孩子难免会松懈，再加上行为习惯不好，今天这个闹事，明天那个搞怪，吵架啦，甚至上演全武行的都有。所以整天除了正常的教学之外，我还得处理这些杂七杂八的问题。有时必须停下功课，整节课整节课地讲道理，讲为人处世的原则；讲人生的理想；给孩子描绘美好的远方；给孩子灌输只有付出才有收获，只有认定目标，坚持不懈，才能获得成功，遇到困难不要放弃，要有勇气，敢于担当的道理等。

可能之前从来没有人告诉过他们这些，尤其生活中一个个鲜活的例子，更让他们信服，结果我的道理课还是非常管用的。孩子们慢慢收心，慢慢把心思放在学习上，班风好转，大家和睦相处，齐心协力，尤其在几次团体比赛中获奖，更是大涨士气，我们班渐渐变成一个优秀班级，人人以班为荣。

玲这个班长也越来越出色，越来越得心应手。

玲刚开始的写作水平一般，但她好学。当她欣赏到好作品时，会模仿，会内化为自己的东西。她尝试写更好的文章，我私下会单独为她和几个水平高的孩子辅导，并尽量为他们提供平台，参加征文比赛，或者把作品投寄到报刊上发表。虽然文章还很稚嫩，但大大鼓舞了她写作的自信。

前不久，我整理材料，在柜子里翻出了曾经发表玲作品的报纸，一时兴起，拍了照发了微信给她。

时隔二十年，接手的学生来来往往无数，竟然还留着她的作品，是难得，也是缘分。

我不知道玲到底记住了我的哪些话，但我想到当年由于我的某些话，影响她这么长时间，也觉得欣慰。一滴甘霖，能成就一棵大树，也是奇迹。我知道，许多小学老师往往被湮没于孩子浅层的记忆里，不是他不念情，而是他离开你，是为了走更远的路，结识更多的良师益友，为了成就心中远大的理想与愿望。

我非常感谢玲，由衷感谢她对一个小学老师的怀念与记挂。

话外有话

很多时候，老师对学生讲过什么，船过水无痕了。学生对老师做过什么，同样被时间冲淡、冲走了。但是，只要是甘霖，就一定能灌溉好一棵树；只要是一棵好树苗，就一定能长成挺拔的大树。

天使之花

"老师——"一声怯怯的呼唤，从门外传来。

我停下课，转头望向门外，啊，原来是七月刚刚送走的两个毕业生，刚升上初一——青和婷。

"老师，教师节快乐！"两个女孩异口同声地祝福。哦，真是有心的孩子！

我满心欢喜地迎上去，原来她们周五下午只上两节课，早早放学没回家，反而跑来看望我这个小学老师。

我开玩笑："哈，祝老师节日快乐，不如来点实际行动表示，为我们这些新一年级的小朋友扫扫地，让他们跟你们学习学习。"

"好啊！好啊！"两个小女生欣欣然放下书包，乒乒乓乓地挪桌搬椅扫地。我则把小朋友带到小操场做游戏。

望着两个孩子忙碌的身影，我心里充满了欣慰。

青，是班长，从一年级做到六年级毕业。相当勤快、聪慧，真真是老师得力的小助手。只要你交代的事，她都记在心里——完成。有时事情没做好，我生气，板着脸不高兴，她也不较劲，马上说："要不，放学后我留下来做。"一副诚心诚意的样子。

但孩子毕竟是孩子，难免会出差错。有一段时间，青早读时间习惯性迟到，我进教室她还未到。结果班级纪律一团糟，乱哄哄的，作业也无法及时收缴，耽误了我改作业的时间。一天两天还可克服，整周都是这样，我便火了，毫不留情地当着同学的面撤了她的职，改换了其他同学担任。没想到她没哭也没耍情绪，课后马上找上我："老师，对不起，我总是迟到。明天我叫我妈早点出门。"其实，我知道，她家住福井村，来学校骑摩托车起码也要半个小时，风里来雨里去，天天如此，很是不容易。望着她澄澈明亮的眼睛，我看到了她在挫折面前不闹性子、不抱怨、不消沉，反而能够拿出积极应对的态度和办法，小小年纪有这样的态度确实不简单。

我顺着台阶："这样吧，你尽量早点，我安排个副班长跟你配合，谁早来谁就督管纪律，收缴作业。"接下来的日子，她竟然每天七点半就准时到校了，一直坚持到毕业。

偶尔成绩掉了，我不用当面批评，只要在她卷子上留下几个字："怎么啦？""加油！""逆水行舟，不进则退！"等，下单元考试她马上冲进前三，相当自律，好强，上进。

毕业前夕，在父母鼓励下，她报考厦大附中、漳州实验中学。当她请我为她写推荐信，我欣然答应。我内心渴望，有个更好的学校更广阔的平台，为她安上飞翔的翅膀，成就美好的未来。遗憾的是，最终她选择了，开始全称她的初中生活。她轻轻地说：附中没考上，实验中学录取，但学费和生活费一年要两万多。只要我努力，在全称也可以考得非常好的。我打算高中再争取考出去。是一个非常懂事的孩子。

婷和青相比，各方面能力稍逊，而且性格内敛，羞于谈吐。即使说话也是细细的，柔柔的。大多时候总是一个人默默地翻书，或者什么都不做，看着同学嬉戏打闹，安静地笑着。

　　我五年级接手的时候，她的成绩在中下水平，六七十分勉强及格，偶尔难度大的卷子她就考不及格。我分析了一下，不是态度问题，纯粹是基础太弱，所以她学得相当吃力。她上课非常认真，作业也尽所能完成，但成绩总是差强人意。瞥见她盯着考卷上的分数茫然的样子，我很为她心疼。

　　我除了在课堂上多关注她，给她发言表现的机会，还特意安排了一个优等生一对一辅导。慢慢地，进步有了。虽然幅度缓慢，甚至波动起伏很大。

　　直到六年级上学期，语文教程有个"诗歌"综合实践单元。我带领全班同学学习之后，兴之所至，布置全体同学自由发挥，运用学到的方法自由写诗。同学们勉为其难地写一首诗凑合着交差，而婷竟然一口气写了十首，而且每一首诗的主题都不一样。十张稿纸瞬间惊倒了我。我欣喜若狂，很用心地一首一首修改，让她工工整整地再誊抄一遍，专门为她作了个"个人诗歌专版"。当她听到老师的赞誉之言和同学们真诚的掌声时，小小的脸微微泛红，眼睛亮晶晶的。我不知道我的举动能够给她带来多大的影响，但我知道，在她小小的心海上肯定掀起了一股壮观的波澜。

　　自"诗歌专版"以后，婷明显更加努力了，花在学习上的时间更多了，每次考试基本稳定在八九十分，这个成绩对她来说完全是个突破。

　　今年毕业考，她以八十九分毕业，我真心替她高兴。

　　每个孩子都是上天派遣到人间的天使，或聪慧、或愚钝；或优秀、或顽劣；或有成就，或平凡……她们就像一朵朵含苞的花儿，诱引我们为父母者、为师者潜藏的爱，如春雨润物，慢慢浸染，慢慢熏陶，终有一天，天使之花一定会如期开放，呈现生命最自然最绚烂的姿态。

话外有话

要想让天使之花如期绽放，就要了解不同花朵的习性、花期等，要懂得怎样浇水、施肥，甚至除虫。不是每个园丁都能看到花朵的笑脸，也不是每一朵花都能笑得灿烂……

新年
要快乐

学期结束，发成绩单那天，质量分析、表彰鼓励、安全教育、布置作业……然后例行公事地送给学生们新年的祝福。和学生告辞之后，我收拾东西走出教室。一些学生纷纷辞别："老师，再见！""老师，慢走！""老师，明年见！""老师，新年快乐！"……

突然，身后传来一声："老师，新年要快乐！"

我转头循声而去，原来是玺坤，纯真的笑脸如向日葵一般热切地仰望着我。我一时呆怔住——老师，新年要快乐！原来，在他的眼里，我一直是个不够快乐的老师。

这是一个聪慧机灵的孩子，酷爱读书和做实验，视野开阔，知识面广，口头表达和表演能力强。在乡下孩子看来，他是个佼佼者。但他让老师极不省心，甚至会欲哭无泪，无计可施。当初在中心小学读一年级，因成绩不理想，面临被留级，后来转到我们农村小学没留级反而升上二年级。没几堂课，我就发现这个孩子确实与众不同——注意力容易分散，缺乏自控力。课上到一半，铅笔坏了，马上修理；试卷做到一半，累了烦了就停下来玩沙子，半张卷子空着也无所谓；一份卷子的错别字最高峰曾有二十几个……

　　有一回上课，他的铅笔盒突然掉地上摔坏了，他不管不顾埋头修理，发出"哐啷哐啷"地的响上了。你提醒他先听课，课后再修理，否则影响自己也影响别人，可他就是无法控制，没一会儿，趁你不留神又"哐啷哐啷"摆弄着，全然不顾老师和五十几个同学。实在气恼不过，没收他的铅笔盒，扔在讲台桌角，他却径直走到讲台桌前继续他的修理工作。你想，一堂课四十分钟，一个班五十几个学生，三番五次这样能上好课吗？任何人都可以想象出来我的心情是多么无奈和糟糕。

　　对待这样特殊的孩子，完全靠爱心和宽容是远远不够的。除了课堂上的即发事件及时处理，我还经常在课后对他苦口婆心进行行为规范教育，让他知道在一些特定的时间，特定的场合，面对一些特定的事情，必须分清事情主次缓急，必须顾及别人感受，必须学会克制隐忍。他总是懂事地、郑重其事地点头答应。可是一到课堂，遇到事情他仍然会我行我素。我的耐心渐渐被消磨殆尽，脸色越来越差。

　　在目前大班化教学情况下，因材施教有点力不从心，而且刻板统一的教育评价机制，因为一个独特的个体而牺牲全班同学的利益，确实勉为其难。我内心是纵容他的，他是个优秀的孩子，总给我意想不到的惊喜：讲故事比赛，作文竞赛，课外知识丰富得让我吃惊，旅游经历也让我望尘莫及，课堂回答也是非常出彩。但是现实的教学环境无法容忍他的特立独行。矛盾复杂的心理让我天天关注他，提醒他，甚至训斥他。在他眼里，我是一个严厉刻板、看重教学效果的老师，因为我开始从他眼里看到隐忍、畏惧、服从。

　　就这样从二年级开始，两人磕磕绊绊一直到五年级。这次期末复习，他故伎重演，作业拖拉，每天放学后必须留下补做。原来他妈妈上班去了，没空督促他做作业，他就边做作业边玩，磨磨蹭蹭，时间不多作业多，当然完成不了。这种状况持续了两个星期，组长抱怨连天，我忍无可忍，"请"他站到走廊面壁思过。后来看他可怜巴巴的样子，第二堂考试时给他个台阶，如果考试考好，既往不咎，结果成绩出来九十几分。

他呀！真是一个让老师喜忧参半的孩子。

就是他，在学期结束的时候，笑靥如花地祝福我——"新年要快乐！"原来，在他眼里，我一直是个不够快乐的老师，板着严肃的面孔要求学生做这做那，不能做这做那，每次考试要求学生考好不能考砸。其实，他和我都是不自由的。我是成人，我懂得在束缚中寻求快乐，而他还是个小孩，还沉迷在自己单纯的世界里，还不明白应该怎样去适应现实生活，但他懂得，快乐很重要。

是的，我要快乐，不仅是新年，还要每天。

话外有话

快乐！真的是个让人期待让人开心的词。功课这么紧，规矩这么多，学生和老师要同时快乐，确实不容易。学生的愿望，其实也是老师的愿望，愿我们大家每天都是快快乐乐。

有个女孩
叫英

　　英，瘦瘦小小的，尤其那双忧郁得像一汪潭水的眼神，让我心生怜爱之心。虽然那时我刚跨出师范大门，刚接手平生第一个班级，才十九岁。

　　一个班级七十几人，一间偌大的教室挤得满满当当的，老师的讲台和黑板之间只能容一人转身。我刚毕业，知识和经验相当匮乏，而校长二话不说把这个全校最乱最差的班级搁给我，当时确实压力山大。再加上毕业分配过程中的一些不如意，说实在话，当时我的工作情绪，并不像其他毕业生那样踌躇满志，而是满怀厌弃、烦闷。可想而知，刚开始，师生关系确实非常紧张。

　　本是青春年少，却整天板着一张严肃的脸，除了正常上课，更多的时间用来处理那些不交作业，逃课、旷课、迟到早退、打架斗殴的琐事儿。大部分都是农村孩子，父母忙于生计，低年级一些行为规范又没养成，扔到我手上全是一些焦头烂额的事，我的心情可以说是恶劣到了极点。

　　开学一周后，英——这个内向、沉默的小女孩渐渐吸引了我。除了她班长这个职位，最讨喜的是她从不从众。别人一下课蹦呀跳呀，吵啊闹啊，可她总是默默地看着，看到欢喜处，顶多抿嘴一笑。课间大多时间，要么收发作业，要么擦黑板，没事就坐在椅子上看看书、发发呆。她像一只安静的小猫，注视着这个嘈杂的世界。

我开始有意识地跟她交谈，大多是我问一句，她回一句。慢慢地，她成了我得力的助手，首先是她从不惹是生非，吩咐的事情完成得非常利落，收发作业，检查背诵，包括去宿舍取我的私人物品。当我发自内心地道一声：谢谢！你辛苦啦！她却迅速地涨红了脸，腼腆地说：应该的。

英长得不算是漂亮，尤其身上的那些衣服又小又旧，都是姐姐穿小穿旧了给她的，但很干净。慢慢地，我还知道，她家里五口人，只靠她爸爸一人打一些零工维持生计，身体又不好，干不来重活，妈妈在家操持家务。

她说：我从没穿过新衣服。

她经常赤脚来上学。大冬天顶多穿上凉鞋。我心生恻隐之心，从家里整理了一些我自己的衣服、鞋子，拎到学校。

那天，下课后，我吩咐她到我宿舍一趟。她来了。我兴奋地拖出一个大袋交给她说："给你，这些都是老师不能穿的，你带回去穿。"没想到她瘦长的脸迅即红透了，结结巴巴地摆手推辞：不要！不要！

我热情地一把拉过她的手，把袋子挂在她手上：反正老师也穿不了，就给你穿。我看你穿的衣服太小了。没事，放家里也是浪费。

英挣不过我，只好低着头接过袋子，涨红脸说：谢谢老师！

当她下楼梯时，我听见一个同学问她：那是什么？可惜我没听见她的答话。

之后，她与我之间拘谨了许多。但我还是一厢情愿地送了她几次我的衣物。我们相处了三年，她小学毕业升上初中。再后来，我们就从来没见过面了。

一晃再次见面，已经是她中职毕业分配工作的时候。从此又杳无音讯。

直到去年中秋，她通过小学同学的微信群找上我。细数，竟有十来年未曾谋面。这时的英，已经是个成熟、睿智的知性女子，言谈举止间落落大方，有份稳定的工作，有个贴心的爱人和一个聪慧的孩子，有房有车，生活足以让人放心。

英，是我第一次踏上工作岗位，第一个喜欢的孩子。乖巧听话、善解人意、学习上进，而且懂得自律。虽然每届接手的班级都会有一个得力的女孩子，既是学生，又是助手，有时是朋友，但英可以说是我角色的初次转换，她让我学会俯下身，弯下腰，学会关注一个人，学会用自己微薄的力量去帮助人。

但有个真相却狠狠挫伤了我，中间有个英同班同学跟我说：因为我的施与，伤害了英，让她在同学当中抬不起头，让她无法跟普通同学一样享受自由，甚至遭到一些女伴的忌妒与疏离。怪不得当初送她的那些衣物，我似乎没见过她穿到学校来。当时我也年轻，从年龄上来说，当她的姐姐也不为过，像疼爱自己的妹妹一样去爱护她，没想到竟无意中给她心里留下了阴影。

"己所不欲，勿施于人。"孔子所言极是。施与他人，须设身处地考虑对方的需求和感受，否则会适得其反。原本期待播下爱的种子，却留下一地的自卑、怨怼与隔阂。

当我得知真相后，内心是自责的、懊悔的。从此以后，在与学生相处的过程中，我一直警醒自己不去伤害那一颗颗脆弱、稚嫩的心灵，让他（她）与常人一样承受生活中的风风雨雨，练就一身强大耐挫的本领。

话外有话

是的，生活中有些令人尴尬的事情，常常是我们一厢情愿地自以为是。不管是善意的，或者是恶意的。但是，只要它是一颗好的种子，最终会开出一朵美丽的花。

园长莲

"一念心清静，莲花处处开。一花一净土，一土一如来。"

"花开见佛性"，人有了莲的心境，就出现了佛性。孩子，你取名莲，你心如莲心，在幼儿园这块纯净的土地上，播撒爱和希望的种子，静等云卷云舒、花开花落。

孩子，我只比你大十岁，但你每一次决策，每一个举措都让我折服。从泉州幼师毕业，先后创办八所民办幼儿园。单看这份漂亮的成绩单，任何人都会艳羡，确实是个有魄力的女孩！

每每看到你被孩子们簇拥着，一声声清亮的"园长老师！""园长妈妈！"你的脸上洋溢着莲花般祥和的笑容，我心里暗暗想，你的选择和付出是有意义的，不仅兑现了自己的人生价值，还给每个家庭每个孩子带去改变人生的可能性和无限性。

记得那年，我见到你，还是个四年级的样子：矮矮的、圆乎乎的身子，尤其那张圆圆的小脸，肉嘟嘟的，让我一见就喜欢上你。你总是喜欢跟在我的前后，"老师"长、"老师"短地叫得欢，真是十足的"小尾巴"。

显而易见，你的活泼可爱，让你迅速成了老师得力的跑腿：捧作业、发东西等。尤其每年"元旦文娱汇演"和"六一"联欢，你更是主角，唱歌、跳舞的，萌态十足，讨人喜欢。

　　我记得我这个毫无舞蹈基础的老师，还自编了一个舞蹈节目教你们，领舞的就是你。这个节目去参加了学区文艺汇演，出人意料地拿了个三等奖。回来后，我们把你夸上了天。

　　由此，你获得了很多特权，帮老师拎包、取外套，甚至到收发室取信，到老师宿舍看书、听歌、看电视。

　　成年后，你来找我闲谈，不经意间你说到：那时你的信最多，两三天就一封信。有次好奇心，我还偷偷拆你的信看呢。那时你和你老公（还是恋爱阶段）感情真好，甜言蜜语的，迷死人了。

　　我暗暗吃了一惊，这个小孩人小鬼精，竟然大胆私拆老师信件，幸好当时来往信件没什么见不得人的事，否则为师的还有何颜面？

　　一转眼，我把他们带到了六年级。正值毕业班复习阶段，为了充分利用时间，提高全班总体成绩，我根据学生居所的远近，就近安排学习小组，并指定组长，利用每天晚上、周六周日做作业、复习。没想到，没隔几周，你就给我捅了娄子。

　　先有同学打小报告：老师，莲和某某谈恋爱。我不信，厉声制止："别瞎说！小孩子，谈什么恋爱？"

　　过几天，传说中谈恋爱的男同学的爸爸找上我：老师，有件事要麻烦你，我家那混蛋小子竟然和女同学好上了，天天不读书，到处瞎跑。你要好好批评他。小孩子，谈什么爱，整天不好好读书，心思都想歪了……

　　我一下蒙了，真有这事？如果真有这事，那可不好处理。我一时拿不定主意，赶快找校长、老师思谋对策，最后还真商量切磋出一个办法来。

　　有个下午，大家都在上课，我们一群人约在三楼会议室：双方家长、两个小孩、我、校长、一个本地老教师。满满一屋人，满脸严肃，如临大敌，气氛沉闷。老校长先开口，而后老教师，轮流开导，郑重其事，无非是：年纪小，要用心读书，长大后再谈这事也不迟。

我记得我当初还装出老练的样子劝慰：人与人之间难免会互生好感，但现在正是读书的年纪，应该专心读书，将来长大了，如果双方再保存好感，再谈也不迟。其实当初我也在谈我人生中第一次，也是唯一的一次恋爱，正深陷其中，不能自拔。用这种貌似理性、实则不痛不痒的话来劝导，显得软弱无力。

两个小孩从头到尾低着头，像被批斗一样，既不辩解，也不澄清。

当然，全部事端源于我的决断，我迅即撤销所有学习小组，并严禁放学后异性同学私自串门，同学要互相监督，发现异常要揭发，不能包庇。禁令一下，班级的气氛一下子降到了冰点。下课后，男女同学不能逗闹；上下学，男女同学不能结伴、搭讪。

自那以后，貌似风平浪静、相安无事，但我明显感觉到你疏远了我，再也不会像之前"老师"长、"老师"短地叫得欢，还远远看见我，赶快借机躲开闪人。

气氛没有僵持多久，因为紧接着一场毕业考试，把我们永远地分开了。你们升上了初中，而我又转头接了第二个毕业班。

从此以后的十几年，我陆陆续续知道了你的消息：初中毕业考泉州幼师，毕业后在民办幼儿园待过，再后来，自己创办幼儿园。选校址、装修、布置用室，添置设备，招聘、培训老师，制定管理制度，考勤考绩等，事无巨细、亲力亲为。

最近又新创办一个小区幼儿园，十二间店面一千多平方米，你陪泥水师傅、水电师傅、装修师傅日夜奋战，白天黑夜连轴转，硬生生地赶在九月一日开学前把园子建好了，开门招生上课，真是很拼命！

当园长，人前人后风光无限；可一转头，回到家里脱下高跟鞋，围上围裙，挽起袖子，立马变成老公的好老婆、两个孩子的称职妈妈，买菜煮饭、洗衣拖地，样样拿手。俗称的"女汉子"非你莫属。

我还知道，当年那场兴师动众的约谈之后，其实后事不了了之。两人成年之后，都各自找到了自己钟情的对象，有了美满的家庭。

孩子，或许，曾经纷纭之事你早已忘光，但对我来说，却一直耿耿于怀。因为一个也是情窦初开的老师，叫她处理这样一件棘手的事情，确实超出她的智慧与能力，我不知它有没有给你留下阴影。

时光带走不愉快的往事，却留下了我们真挚的师生情。那年教师节，花店兴冲冲地送来一大捧花，细细品读着贺卡上你诚挚的祝福，心底油然而生一股暖流。

孩子，感谢你，让我学会做一个有爱心的老师，懂得呵护孩子稚嫩无瑕的心灵。

"出淤泥而不染，浊青莲而不妖。"送给你再合适不过。孩子，我真诚祝愿你：在幼教这条道路上，走得更稳更远，桃李满天下。

话外有话

学生早恋，是每个老师最头疼的事情。尤其是小学老师，孩子还小，懵懵懂懂，似是而非，拿捏错了是会伤害弱小心灵的。心念如莲，顾自芬芳。是的，一段故事到了今天没有酿成过错，进而成就了一段佳话。

堂弟

　　我师范毕业后到金山小学工作的第三年，我的堂弟，三叔的二儿子，刚好小学毕业。可惜成绩相当不理想，够不着中学录取线，那时政府还没实施九年义务教育，分数够不着中学录取线，就得交借读费。按三叔的说法，交钱是小事，学习基础差，勉强上了中学也跟不上，干脆复读，到我的学校再补习一年吧。

　　我义不容辞，马上答应下来。

　　就这样，堂弟来到了金山小学，坐到我的班上，成了我的学生。其实我大不了他几岁。

　　因为学校离家十来公里，我们必须寄宿，毕竟早晚跑来跑去累人伤神。教师宿舍紧张，只好将一位驻校老教师的杂物间腾出一半，一张木床，铺上被子，就成了堂弟的临时栖身之所。

　　学校伙食很差。一个月象征性交二十元给食堂阿姨，管三餐。白菜、包菜、花菜、萝卜好像永远煮不完，鱼啊、肉啊罕见。堂弟和我们同等吃住，但从来不抱怨，也没见他私底下添什么零食。倒是我们几个年轻老师暗中叽叽喳喳叫苦。

　　堂弟的合群能力超强。虽然初来乍到，但班上同学对他的到来感到很稀奇，好不容易熬到下课，全部一窝蜂拥到他的桌边，叽叽喳喳的，不一会儿就混熟了。一天下来，他已经和班上所有的男生嬉闹一起了。放学后，操场玩不够，男生还跑到他宿舍看稀奇。

堂弟嘻嘻哈哈地，整天贪玩。跑啊、跳啊的喜欢，就是对学习不感兴趣。有时你课上着上着，抬眼望去，他竟然趴在桌上打呼噜。气冲冲地走过去摇醒他，他也不惊不乍，揉揉眼睛眯着眼睛勉强听课。责怪他，他满腹委屈地嘟囔：昨晚蚊子太多，嗡嗡响，没睡好。

有一次，上课没几分钟，同学揭发他：老师，他在泡脚！我低头一看，脑门都是火：本来，打断我上课就够气恼的，你看，他居然提了桶水放在桌底下，然后双脚浸泡在水里，还惬意地抖来抖去。难怪其他同学眼红、妒忌。我的小竹鞭迅速敲下去："太不像话了！站起来！"全班同学可能被我震天响的"雷声"吓到了，顿时噤若寒蝉。堂弟扫了我一眼，颇点无奈地挪出双脚，懒洋洋地斜肩驼背地站起来，小声嘀咕："太热了！""天气热？天气热，你就想出这馊主意……"我气得说不出话来。

说实在话，堂弟到我班上并不轻松。因为我会"杀鸡儆猴"，时不时拿他做"典范"，当然是不好的榜样。有时作业漏这漏那，没做齐全；有时课文不背，让组长三催四请；有时明明会做的题目，因吊儿郎当错误百出；上课开小差；爱讲话；写字七扭八歪的……几乎每天都有他的事，几乎每天都要处理他的事，所谓"众愤难平"，你如果睁一眼闭一眼，姑息了之，其他同学就会效仿学习。况且三叔把他交代给我，意思也是要从严治理。所以他慢慢对我有了敬畏心，刚开始还"姐姐""老师"地叫得欢，到最后，两人打照面时，他就朝我咧嘴笑一下，低头匆匆闪过，算是礼貌之至了。他心里也明白是非的，只是偶尔控制不了自己。

堂弟数学还好。脑袋瓜灵活，一点即通，还会触类旁通，结果数学老师挺喜欢他。虽然有这有那的缺点，但只要上课认真听，课后做作业及时反馈，成绩马上扶摇而上。

语文就没有那么容易糊弄了。生性懒惰的人练习阅读写作确实是在折磨他。由于前期功课落下太多，人又没有定性，坐不住，读读背背拎着他、押着他，他还勉强过关，如果让他坐个半小时或一小时写个字、考个试，屁股像煎饼一样腾来挪去的。到最后，就跟他讲条件，作业睁一眼闭一眼，只要考试考上八十分就好，没想到他稍微努力努力，真的就达成目标。再后来，让他考上九十分也是轻松的事了。

下学期，语数两科基本能保持在九十分左右。

短暂的一年匆匆结束，堂弟如期升上初中。这下，我对三叔也能交代了。

再见面，是他结婚的时候。我才知道，原来他上初一一个学期就辍学了。初中没毕业就到了社会上。

那时的三叔也自顾不暇，两个堂弟都凭自己的本事吃饭。大堂弟学院派，大学选律师专业，毕业后自己找律师事务所积累经验，目前自己独资创办了一家律师事务所，风生水起的。小堂弟是社会派，赤手空拳、白手起家，知识不多，吃的苦头多一些，走的路坎坷一点。但他整天嘻嘻哈哈，偶尔见到我，马上搂着我的肩膀"姐姐！姐姐！"叫得亲热。

堂弟就是这点好，乐观开朗，不记仇，碰到困难不怨天尤人，自己先想办法解决。目前他总共创办三家公司，一家石油化工运输公司，一家物流公司，一家苗木公司，非常了不得！

家族聚会碰面聊天，他会跟你大谈公司前景，他的宏伟目标，意气风发、踌躇满志。社会这所浩瀚的学校，这位睿智的老师，给了他足够的营养，让他在商海里翻腾冲浪。

当然我也知道，堂弟风光的背后是不为人知的艰辛：人脉短缺，资金匮乏，业务困窘等，但二十来年，堂弟用他的勤奋和智慧，打造了属于自己的一片天地。难怪他讲话掷地有声，铿锵有力。

　　每个人都有自己的一条路。条条大道通罗马。孩子们要做的是：找对方向，坚持走下去。而我们要做的则是：帮助他们选择，提供参考意见，支持他们努力到底。

作文班的
那些孩子

我一直怀念那些作文班的孩子。

时隔五年、十年，甚至更长的时间，有一天，他（她）突然出现在你面前，目不转睛地盯着你："老师，你还认得我吗？"

往往，我需要凝神辨认好一会儿。有的依稀可辨出模样，但名字却记不起来了；有的完全认不出来，我只好傻呵呵地笑着，场面颇有点尴尬。

倒是孩子们都不见怪，宽容地慢慢地帮助我唤醒记忆："我就是那个……""当初我和谁一起的。""我爸（我妈）是……""我来的时候才二年级。""我住在……"等。

于是记忆的碎片慢慢闪现、组合、渐渐拼凑出五年前、十年前、甚至更早时期，孩子那张稚气未脱的脸蛋，"哦，你是——"

如果我说中了，他（她）就开心地不迭地点着头："是啊！是啊！"一副满足的样子；万一没说中，他（她）会宽容地笑着说："我就想老师肯定不认识我了！"我汗颜地为自己辩解："是啊，那时你才读三年级，现在你都带自己孩子来了！"

时间这个神偷，宛然无痕，但细究深思，沉淀下来的泥沙会在某个时刻提醒你：我们曾经相遇过、曾经交集过。

我们热爱阅读和写作，共同的爱好让我们走到了一起来。即使有的起点低，能力差，但热情鼓励着我们前行，互相学习，共同成长。

为了让孩子们喜欢阅读，我精心挑选了一些孩子们喜欢看的书籍、杂志、画册，满满当当地摆了两大书橱。孩子们上课前等候时、课间休息时，或者写作任务完成后，都可任意挑选喜欢的书籍阅读。有的看到欲罢不能处："老师，我带一本回去看可以吗？"读后，有的孩子会来跟我探讨书中某个有趣的或困惑的问题，或者分享他的阅读感受、体会，阅读交流甚是愉快。因为我不会让他们做摘抄笔记，写读后感。这样毫无压力的阅读，发自内心的阅读，孩子都是愿意的、欢喜的。

写作的过程是一个充满乐趣的过程。每次上课，我都设定一个主题，尽量创设各种相关的写作情境，让孩子们通过自身实践体验，有话说，有话写，觉得写文章就是像说话一样，如此自然，如此简单，而不是像挤牙膏般磨叽的难受。

我一般会让孩子们先玩游戏、做实验、比赛活动，或者折纸、剪纸、捏泥手工活，玩够了，玩开心了，才动手写作。记得有一次，我买了两斤面粉揉成面团，孩子们开心得尖叫起来，每人分到一块柔软的面团，开始压呀切呀捏呀，好不热闹。不一会儿工夫，鸡鸭鹅，猪牛羊，小兔小鹿小熊都出阵了。当然也有四不像的，惹来大家一片善意的嘲讽和哄笑声。大家有说有笑的，交流气氛融洽，自然体验丰富，最后让他们把整个过程描述下来，并记得描写自己和别人的表现和感受。结果每篇文章都非常出彩，都能写出自己独特的见解和收获，而不会千篇一律。

端午节到了，我拎上一挂粽子，让孩子们一起观察、品尝、交流；中秋节到了，主角换成月饼，摆上桌闻一闻、吃一吃；正月十五到了，

搓汤圆，煮汤圆，吃汤圆；写水果时，摆上十几种水果，任孩子挑选自己喜欢的一种，进行观察、品尝。所有活动话题都是开放的，你觉得好吃就写好吃，你觉得不喜欢就写不喜欢，你和同学怎么交流就怎么写，你的心情怎样就怎样写。当然这中间需要老师智慧巧妙的引导和启发，才不会出现偏题离题，或者主次不分，废话过多。让孩子懂得剪枝删节，突出主题很关键。

我的作文课这么上，孩子喜欢得不得了。每节课都早早来等候，每节课都上得兴趣盎然，文章也写得越来越流畅，越来越真性情。而且在群体中，个人与个人的交流和沟通也越来越融洽，弥补了独生子女在家的孤单与落寞。

学期结束，我把孩子们的文章，择优编辑出版，印成报纸分发。当孩子领到印有自己文章的报纸时，那种激动的心情难以用语言描述。由原先对自己写作能力的质疑，到文章印成铅字的肯定，一种成就感油然而生，从而坚定了写作信心，越发喜爱写作。更优秀的文章，我会投寄到刊物上发表，给孩子更大的惊喜。

前几天，昱麒，一个大学毕业已经工作的孩子，见到我说："前不久，我整理抽屉时，还找到以前发表的刊物！"言语之间满满的自豪与怀念。虽然他至今没有从事与写作有关的工作，但曾经的肯定，对他来说也是一种深深的影响。

记得昱麒的爸爸说："我们昱麒每次作文课一大早就催我赶快出发，他很喜欢上你的课！"澍捷妈妈说："老师，跟我们澍捷说说，回家要先做作业再看电视，他最听你的啦！"轩炜妈妈说："只有上你的课不用催，最自觉。"惠婷妈妈说："她最不喜欢读书啦，只有你的课她要上。"……孩子们的喜欢，家长们的赞赏，对我的工作来说，就是莫大的肯定和支持。

成就作文班的，是我们一群人的喜好，对阅读和写作的热爱，对俗世生活的热爱，对自己内心需求的一种释放，以及对自身价值的挑战。

孩子们，如今我非常怀念作文班的日子。当我以一己微薄之力改变并影响到你们的时候，也是我最有价值的体现。孩子们，我怀念我们一起交集过的日子，书香盈人，落笔生花。

哪一天，会不会还有个高高大大的孩子站在我面前，定定地盯着我问："老师，还认得我吗？"

话外有话

写作的过程是一个充满乐趣的过程。看到的，想到的，说出来，写下来……只有写作是一个能让我们真正融入一起，一起参与，一起分享的过程。也只有在这个快乐的过程中，我们会更好地发现彼此，互相欣赏，互相肯定。

第二辑

儿子，
你是我的天使

儿子
挣稿费

一次大家聚在一起，说起挣钱的不易，5 岁的儿子听后不以为然地说："那还不简单，挣稿费呀！"哈哈，天真的儿子竟口出狂言，惹得大家哄堂大笑。说起这稿费，还是有一段来由的。

有段时间，儿子迷上动画片《超能勇士》，爱屋及乌，对厂商出售的动画片里的变形玩具———黄豹、犀牛、蝙蝠等勇士爱不释手。起初丈夫挺慷慨的，一个小勇士 12 元也买回来，博得儿子左一个吻右一个吻，其亲密度让我这个当妈的也不禁眼红。后来，我心生忧虑：我们白手起家，钱来之不易，买玩具是不成问题，但如果让孩子觉得钱来得快，不知节俭，那就坏事了。丈夫想想觉得有道理，两人便商议对儿子实行按劳取酬、多劳多得制，根据儿子的特长，编诗（编故事或者画画亦可），每首 4 元。没想到儿子倒也爽快，一口赞同，真的玩起了文字游戏，编出来的诗还蛮像一回事。

一编完诗，儿子就迫不及待地要玩具。有时丈夫忙着做工，迟迟不回家，儿子就会频繁地给他打手机，直到有回音才像吃了定心丸。玩具一拿到手，他便得意扬扬地四处炫耀："这是我用稿费买的。"以致不知底细的人跑来问我们：是不是出版社真的寄稿费来了？

我们采用这种有趣的付费方式，只是想让儿子尽早明白：钱要靠劳动得来，不劳而获是不可能的。小小年纪的儿子，现在要买东西，总要先冥思苦想一番，然后煞有介事、抑扬顿挫地开始编诗或故事了。有时编的诗或故事简直拿不上台面，逗得我们夫妻俩笑得肚子。看我们笑他，他会不好意思地自我解嘲："我还小嘛，等我长大了，就会编出好的了。"如果兴致好或买物心切的话，他可以一口气编上三四首诗，编完还会计算可以买几样玩具。有一次编完3首诗，买回一盒"弹球超人"，他说："妈妈，我稿费没花完。"我奇怪他哪来的数学知识，他说："我编3首诗12元，'弹球超人'9元，还剩呢！"至于剩多少，他就说不上来了。

儿子挣的稿费，我们一般"专款专用"——买他喜欢的玩具。他挣得乐趣无穷，我们这个"家庭出版社"也付得欢天喜地。

话外有话

孩子小，贪玩是天性。怎样才能寓教于乐，有各种花样百出的方式。重要的是在于父母的智慧与用心，让孩子在"乐"中成长。

昂贵的 蛋糕

　　儿子的小姑姑生日，可惜正逢上学，按照以前大姑姑们的做法，隔天准会送来几样小点心。然而这次不知怎的，小姑姑却忘了。

　　中午，儿子瞅个空就对外甥女说："你真好，昨晚你吃了生日蛋糕。"一连说了好几次。本来不搭理，后来想想，买个小蛋糕让他解解馋吧。

　　晚上，我带他来到"悦香"面包店，他一下子就被橱窗里造型精美、色彩缤纷的蛋糕吸引住了。左挑右拣，他终于相中了一款上面有两只小猪的巴掌大的小蛋糕。儿子心里清楚：大蛋糕只在生日时买，贵得很。今天不是什么特别日子，只能挑小的。

　　付款时，"十元！"我从余光中瞥见儿子眼睛瞪得大大的，一脸的惊愕。

　　走出店，"妈妈，好贵呀，一个十元！"

　　"贵吗？"

　　"以前一个才三、四元，好贵呀！"

　　"买了就好。"

　　一路上，儿子一反来时的雀跃，沉默地坐在摩托车上。快到家时，他突然说："妈妈，要不，我把这个月的零花钱十元给你。"

我心里一惊一喜：什么时候你也知道东西贵了？我推辞着："不啦，买了就好，你不是老念叨着吗？"

回到家，儿子小心翼翼地，像捧着一件珍宝，轻轻地把巴掌大的小蛋糕放在餐桌上，神色凝重地说："妈妈，我还是想把十元给你，就当是我自己买的。"

我心里大喜："好啊！"然后面无愧色地接过十元钱放入口袋。

接着，戏剧性的一幕出现了。九岁的儿子端坐在餐桌前，举着刀叉，对着小蛋糕念念有词：

"好贵呀，你花去了我这个月的零花钱。"

"好贵呀，早知道我就不买你了。"

"我真舍不得吃你，你花去我十元，我这个月的零花钱就没有了。"

"你怎么这么贵呀？"

"……"

我躲在厨房里捂住嘴巴狂笑，向来衣来伸手，饭来张口的儿子，瞪着花去他一个月零花钱的小蛋糕，割肉般的疼痛。我突然觉得这是一个千载难逢的机会。

我调整好表情，走了出来："儿子，什么时候变得像老阿婆似的，买了就买了，买了就吃掉它。"

"可是，妈妈，它真的好贵呀，我下不了口。"

"儿子，妈妈送你两句话：一、做事要三思而后行，二、做了就不要后悔。懂了吗？"

儿子似乎一下子明白了许多，他点点头，然后朝那个对他来说非常昂贵的小蛋糕，小心翼翼地切了下去。这个巴掌大的小蛋糕，他细细品尝了一个多小时。

话外有话

　　蛋糕之所以昂贵，是因为零花钱来之不易，这是一个最简单不过的算术题。但是，我们很多人常常忽略了这一点，要让孩子懂得珍惜，首先要让他知道为什么和怎么做。

儿子
参赛记

　　九岁的儿子为了参加"素质教育杯——语数双科选拔赛"，只读三年级的他，硬在一个多月里啃完了四年级的课程，繁重的学习，枯燥的数理知识，不仅没有吓退他，而且磨炼了他的意志和性格。

　　参赛结果很快出来了，成绩让我们母子俩都欢喜不已，语数两科总分居三年级第二，中年段第五。我高兴地向儿子祝贺，并鼓励他下次在市级决赛中再接再厉。

　　然而，事实远非我们预想的。

　　正在我们沾沾自喜的时候，市赛名单拟订并已上报，其中没有儿子的名额。

　　我惊诧万分，中年段总共选送十二名，再怎么个排法，也不可能落下他。我迫不及待地打电话，得知：中年级组在四年级从高分到低分录取十一人，只挑选三年级的第一名（教师子女）；而高年级组排列后，全是六年级，为了顶上一个五年级的教师子女，则拉下一位上榜学生。

　　此时我才恍然大悟，原来操作者全然不顾学生、家长们的付出和感受，随心所欲地更改竞赛选拔规则。他们如此行为，未免愧当一个公正和诚信的教育者。

我困惑，继而愤怒！

儿子本可以轻轻松松地学习和生活，为了参加这场考试，写了几十篇作文，做了几百道奥林匹克数学题，每天晚上一小时，每个周六、周日，他舍弃心爱的课外书、动画片、玩具，坐在写字桌前，一字一字地写，一遍一遍地算，全凭的是他对学习的极大兴趣和在竞赛中挑战自己的乐趣。

如今，一个结果浇灭了儿子心中的梦想，年幼的他一直嚷着：不公平，早知道这样，当初就不那么辛苦。他甚至气愤地说道：如果我是他们的孩子，准能上！

我也气愤难平，后转而一想，跟儿子聊聊天吧：

"儿子，你一直是一个优秀的孩子，从你进幼儿园起，你都是爸爸、妈妈、老师的骄傲，同时，你也一直在默默地努力着。这次比赛，你要学会分析和总结：一、通过努力，你取得了不错的成绩，由此得知，勤奋＋聪明定能出成绩；二、三年级第一名排中年段第四名，你排第五，证明你还不够优秀，还有差距；三、任何的比赛都会有不公平的时候，要学会摆正心态。应该尽早知道，有个心理准备；四、只要有付出，就会有收获；五、你的父母只是平凡的人，无权无势，一切必须靠自己；六、失败是成功之母，有志气、有毅力的人不怕失败；七、一切努力不是为了考试，考试只能证明自己能力的多少。儿子，你要记住一句话：只要是金子，不管在哪里，总会发光的。"

儿子若有所思地点点头，似乎一下子成熟了许多，他忽然说："妈妈，其实我能考第一。只要错别字不那么多，计算题再细心点，肯定能得第一！"

我会心地笑了，好样的，他终于从竞赛的阴影中走出来了，又开心地玩起了溜溜球。

我不知道我是否太早让儿子涉及这复杂的成人世界，但我想，我不可能庇护他一辈子，他总有一天会长大，会离开我们，要踏入社会，应该学会勇敢地面对挫折，乐观地生活着。

话外有话

世界也许是不公平的，但是，机会总是会留给有准备的人，并且，是可以通过我们的努力达到的。对我们，是；对孩子，也是。

儿子
学骑车

儿子学会骑自行车啦！

两三岁时，儿子骑三轮儿童脚踏车，不用脚踩，而是双手抓起车子走，成了全家人的笑话。

再后来，不管我怎样软硬兼施哄他学车，他都无动于衷，对骑车一点也不感兴趣，害得我一直担心他上初中怎么办。

然而，事情突然有了转机。有一天，儿子被朋友的儿子用自行车载去逛了一圈，回来时，扬着一张红扑扑的小脸，激动地说："妈妈，给我买车！我也要骑车！"我惊喜，兴奋地叫他爸爸马上带他买车。

从此儿子学车的狂热有增无减。

他推掉傍晚十分痴迷的动画片，一改平时的娇气，开始在公园的球场上艰辛地练车。十岁的儿子，一米四三，九十多斤，扭着那辆对他来说，不亚于重型卡车的自行车，蹒跚学步。他摔倒了爬起来再来，一刻不歇，圆圆的小脸涨得通红，豆大的汗珠啪嗒啪嗒地掉在地上，全身都是汗淋淋的。两条白胖胖的大腿上，青一块紫一块，有的地方被擦破皮，甚至渗出血珠儿，但他天天依旧热情高涨。

在他的心中，似乎有一股劲儿，催他向前，向前。

公园骑车总是绕圈子不尽兴，儿子的心野了，开始在偏僻的马路上表演杂技，甚至故意到土路上颠颠簸簸，有一次，竟然在肥嫩的大腿内侧留下了巴掌大的青淤，黑紫得吓人，可他却没事儿，隔天又兴冲冲地骑上车子跑了。

两星期后，我斗胆带他上了 324 国道回到东山村，再从泥泞的坑坑洼洼的村路拐回来。整整 6 公里的路程，儿子兴高采烈，不叫苦，不喊累，还一边骑车一边闲聊。我骑着自行车心惊胆战地跟在后面，望着他胖胖的身子，像只可爱的小猪一扭一扭地，奋力地向前蹬去，心头不禁一阵感慨：儿子，好样的！你终于长大了！

是的，学车是艰辛的，但儿子开心，快乐。

十岁的儿子，将来要走的道路是漫长的，坎坷的，会遇到许许多多的困难和挫折，如果他能像骑车这样满怀热情，信心百倍，勇敢坚强，认准目标，摔倒了再爬起来，坚持不懈地往前走，那就没有什么过不去的坎。

儿子，愿你一路走好未来的道路！

话外有话

　　带孩子学骑车是一种很好的亲子活动。先扶着他，再偷偷放手，最后看着他跌跌撞撞地骑远。这个过程实在也像极了孩子的成长过程。

痛并快乐地
成长

十岁的儿子第一次离家，参加团市委组办的为期十一天程溪"少年军校夏令营"活动。临走那天，儿子一早起床，就雀跃着：妈妈，我终于要走啦！我心头一阵失落，隐隐不舍。

第二天晚上，儿子打来电话：妈妈，水不够喝。我买水，只剩三元五角了。教官很严，好多人挨打，我没被打。训练很苦，时间很短，我只好利用午睡时间写日记。记得来看我们的表演，记得把我储蓄罐里的十元带来……

电话那端，传来抽抽噎噎的呜咽声，这边，我一边拼命地给他鼓劲，一边不知不觉地，早已泪流满面。

儿子其实是坚强的，独立的，但忽然间被抛到一个完全陌生的军营里，和一百六十几个陌生的孩子生活和学习，接受与往常完全不同的教育，那种类似断奶的孤独，恐慌，无助，委屈，让他无所适从。

出发前一周，我每天都见缝插针地提醒：学会独立生活，学会与人共处，学会帮助他人，学会寻求帮助。甚至请他吃了一顿美味的西餐，趁他高兴时再唠叨几遍。

儿子自信地说：妈妈，你还不相信我吗？我怎会不信呢？对他我可是了如指掌，肚子里有几条蛔虫我都清楚。可是一听他哭，我还是忍不住辛酸落泪。

第三天有好消息了。妹夫交代营里的老师拿钱给儿子，他硬是不接；镇里一个家长开车去看孩子，我托他带钱和水壶去，到营地时已晚上七点多了，还在训练的儿子被广播叫来，激动地接过东西，哭着连续说了五六声"谢谢"，那个家长看他可怜，掏手机给他让他给父母打个电话，他竟然拒绝：不啦，我昨天已经给妈妈打过电话了。

听着别人的称赞，我欣慰极了，儿子，你一直是好样的。他正艰难、勇敢地尝试着迈出人生的第一步。就像自然界里的毛毛虫经历了一番苦苦的挣扎，才可能蜕变成一只色彩斑斓、展翅高飞的蝴蝶。

我不由得想起新闻上讲得一对美国夫妇，他们抱着两三个月的婴儿赤身裸体地直接扔进水里，任其从水底挣扎到水面，场面真是惊心动魄，然而，他们竟然用这种方法教会了孩子游泳。他们认为社会就是大海，人生就是在大海中游行，从小让孩子在水中学会游泳，锻炼拼搏，对孩子的一生是有好处的。

自从儿子在我身体里孕育的那一刻，我就知道，今生今世，我就多了一副重担，要教他学会"游泳"，学会奋斗，健康，独立，坚强，乐观，积极地成长。总有一天，儿子将在未来的社会中行走自如。

不管何种艰辛、痛苦的成长，都是为了有朝一日离开的自由。一方放手、放心，另一方就独立、开心。

话外有话

儿子，
你快乐吗

"嗨，我回来啦！"先闻其声，再见其人。每天放学，儿子总是在老远的地方就亮开嗓门，然后过会儿才见到他胖胖的身子。一进门，全是他叽里呱啦的声音，我的儿子，是阳光的，活泼的。

有一天，店里的小妹突然说："可可好像没有童年！"我吃了一惊：会吗？禁不住回想这几年的点点滴滴。

记得上小学一年级之前的那个暑假，别人家的小孩为了顺利入学，天天顶着炎炎烈日，大汗淋漓地奔波于学前培训班，恶补"ɑ，o，e""1，2，3"。

儿子则在家里逍遥自在，率性而为，几大篮的玩具，几十套的动画片，一本趣味数学大观园和书架上满满的书，陪他度过了一个酷暑。当然，入学考试结果不尽如人意，因为他妈妈没教他拼音和计数。

然而，紧接下来的学习生活让他找到了兴趣，他就像一堆蓄积已久的煤矿，遇到火星就噼里啪啦地燃烧起来。"妈妈，今天我学了……"这句话几乎成了我们每天的见面语。每天他都有新的收获，意外的惊喜，他很快就尝到了学习的甜头，一个月后运用刚学的拼音在电脑上打他的诗歌，两个月后参加学区作文，数学竞赛，获得了第一名。

他很忙，忙做一切认为应该做的事。他说：妈妈，人的一天如果有 48 个小时不知有多好！他忙并快乐着。

其间，他也烦。作业多，和同学吵嘴，老师误会，玩得不够尽兴，近视不能常看心爱的动画片，油炸品不能多吃等等诸如此类所有孩子苦恼的事儿。可奇怪的是，一觉醒来，他又是全新的，快乐的。

今年五年级数学竞赛得了中心三等奖，他哭得很伤心。我的心也咯噔了一下，不知从何下手。后来他老爸劝慰他："胜固欣然败亦喜。别泄气，还有下次！"

那晚，他含着泪制订了学习计划，排得满满的。我看了有点心酸：好强的孩子！

于是我和他商量了一下，决定找老师补课。因为一年级至五年级的数学竞赛，都是我自己带的，可后来题目渐渐难了，有点力不从心，儿子吃不透，一知半解，再说六年级的更难。但是占用周六休息时间，我顾虑重重，举棋不定，没想到儿子第一次回来，竟兴高采烈地说："今天的数学题我全做对了！老师家的微型空调很有趣……"我悬着的心才放了下来。

儿子还学着葫芦丝，还整天揣摩着电脑游戏，还看那些永远看也看不完的课外书，动画片。显然，他很忙，但却是充实的。

虽然在成长和求知的路上遭遇了许多的不如意，但他能迅速地调整心态，从容，豁达地面对一切，并在努力中尝到了成功的喜悦和对自身能力肯定的自信。你能说他不快乐吗？

话外有话

　　快乐不是随风摇摆的气球，更不是断了线的风筝。快乐是有根基的，扎根于自己努力后的回报；快乐是有源头的，源头就是你自己充实的内心。

意外的
一百元

　　老公告诉我：儿子抽屉有一张崭新的百元大钞。我吓一跳：这怎么可能呢？

　　迫不及待地找来儿子问："钱哪来的？"

　　他不假思索地答道："攒的呗！"

　　"怎么攒的？"我按捺住怒气。

　　"红包嘛！"

　　好小子，还在撒谎。"不可能！"我生气地打断他的话，"最后一次压岁钱二百元，已经存进银行了。二月份到现在五月份，钱可没那么多让你攒。还有，就算攒的，攒的钱可都是零的，怎么可能是整张的一百元，还是新的。"

　　儿子觉得没话说了，姜还是老的辣，他招供了：干爸爸上周五给我的，让我自己买生日礼物的。

　　我的心一下宽了起来：不是偷的就好，不是帮同学窝赃的就好。

　　然而马上又火了起来："那你为什么说谎？坦白说不就得了。"

　　"我怕你知道，因为你说不能随便拿别人的钱。"儿子委屈地嗫嚅着。

　　哦！原来是这样。

其实儿子很会攒钱，压岁钱，稿费全存进银行。

一次我急用，他慷慨地捐出两千元；另一次是他参加夏令营，取了五百元，其余的还老老实实地在银行存着。他说：留着上中学，大学交学费，甚至计划以后争取年年拿奖学金，攒够钱去旅游。平时也挺节俭，要给他买衣服，他总说还有得穿；爱吃点小吃，零食，也懂得节制。玩的只要是有益的，我们都会满足，买了一台数码相机，文曲星，两台掌上游戏机，一盒电子积木，还有满满一柜子的书和动画片。

对于消费，我一直主张：必需的一定不能省，可买可不买的，再便宜也不要。所以儿子说：老妈你好奇怪，花钱有时大手大脚，有时却小气得很。

是的，我一直提倡辛勤劳动，积极挣钱，合理消费。儿子可能受我的影响吧，对不正当的收入耿耿于怀。但孩子毕竟是孩子，暗藏私心，爱花一些没用的，比如贴纸，卡通纸牌，气球，烧烤肉丸等杂七杂八的玩意儿。最近他迷上了 QQ 宠物，要攒钱买 Q 币，每月十元的零花钱舍不得全花掉，硬是省下五元。可能是这个原因吧，他才想"私吞"了那一百块钱的。

可是，孩子，你不能撒谎，尤其是对待金钱问题。

当看着你背着硕大的书包上学去时，我一阵怜惜：孩子，你还那么的稚嫩，那么的脆弱！之后，我陷入矛盾：要孩子说真话吧，孩子的愿望———一百元全部让他自由支配，能否实现？还是全部存银行？或者存一部分留一部分？如果是后者的话，那他以后还会不会说真话？

斟酌了一番，我决定让他自己安排那一百元钱，当然我免不了语重心长地进行一番理财教育。

谁知一星期后，一百元还原封不动。刚好那天儿子收了几张稿费单，总共一百六十元，这次他主动提出存二百元，留六十元即可。

我的一颗上上下下的心，才算放了下来……

话外有话

人之所以说谎，多半是因为私心。孩子小，私心里更掺杂了担忧和畏惧。你得层层剥茧，才能进入一个真善美的世界。但聪慧的父母要尽量不给孩子创造谎言的土壤。

儿子的
礼物

临近过年，我的腰椎间盘突出症旧病复发，不能走也不能站，就连坐都不能坐久了，腰腿酸痛，整个人好像处于半瘫痪状态。

对一个整日风风火火，疾步如飞的人来说，简直要了我的命。我沮丧极了，白天还强颜欢笑，夜里则躲在被窝里偷偷哭泣。

一天早晨，儿子担忧地瞅着我说："妈妈，你表面看上去很坚强，实际上很脆弱。"可能昨晚的哭声吵醒了他。

于是我和他聊起生活中有关坚强与脆弱的话题，言谈中，我不幸的少年时代使他忍不住用力地抱了我一下："妈妈，你好可怜哦！"是的，跟儿子同样年纪时，我便失去了父亲，是母亲想尽一切办法顽强地把我们四个孩子拉扯长大。

两天后，除夕夜的前一个晚上，儿子神秘地在我耳边嘀咕："妈妈，明天起床一定要翻开枕头哦！"这个鬼精灵玩什么把戏？

睡前，我好奇心大起，忍不住提前掀开枕头——哇，是一个红包！外面是儿子稚嫩工整的字："妈妈，祝你新年身体健康，坚强快乐！"里面塞着一张崭新的二十元。

我的眼眶一热，喉咙发紧，激动，惊喜。无法阻挡的幸福感，瞬间从天而降。

翌日，赶了个大早，儿子跑到我床头，着急地问："发现什么了？"

我激动地搂住他："谢谢！谢谢！"

儿子不好意思地说："本来可以再多的，可惜只剩下二十元了。你从外公走后就没拿过红包，以后我年年都给你红包，我有钱。"

我的眼泪像冲破闸门的洪水一样，"哗"地汹涌而出……

病痛的日子，灰暗，烦躁，了无生机。儿子就像一颗快乐的糖果，陪我度过了那段晦涩的日子。

当我伸出脚时，他就懂事地接过袜子为我穿袜，胖胖的小手笨拙地，使劲地鼓捣着；当我早晨跨出家门往下瞧时，他便马上蹲下为我扯好褶皱的裤脚；晚上回来，他急火火地插好热水袋，给我热敷腰腿……

胖胖的儿子忙碌着，快乐着，他说："妈妈，等你病好了，我们又可以一起玩游戏啦！"

亲爱的孩子，你那忙前忙后的身影，于病中的妈妈来说，胜过任何一剂灵丹妙药啊！那种稚嫩却无比贴心的温暖常常让我唏嘘不已，驱散了病痛笼罩在我心空的阴霾。

在生命的旅程中，我的儿子，我只给他一粒小小的种子，他却送我一座森林的浓荫；我只给他一根细细的火柴，他却送给我整个世界的光明……

孩子，我会永远珍藏起你的这个红包。我还要对你说，你就是上天给我的最有意义，最有价值的礼物啊！

话外有话

　　感恩其实是一种互动。给的同时就在获得。爱，也是被爱。经常听到许多当父母的抱怨：我辛辛苦苦把你养大，供你上学……其实，我们在养孩子，教育孩子的同时，孩子也在"养"我们，"教"我们。

藏猫猫

你从幼儿园回来，竟缠着我玩藏猫猫的游戏。

东山的房子小得很，闭上眼睛我都能闻到你。你雀跃、激动的的身子不时搞出声响。但我故意绕圈，从走廊找起，书房、卧室，一边像瞎子一样跌跌撞撞地走，一边故意扯着嗓门大嚷："可可——可可——"

绕得差不多了，径直爬五级台阶，上了小阁楼。

你激动地捂着嘴巴"吱溜吱溜"地窃笑。看着我跟跄摸索的滑稽样子，你身子颤抖着，像泥鳅一样钻来扭去。

明知你在左边，我的双手却往右边胡乱挥舞。觉得火候够了，猛地蹲下身子迅速抱住你，同时睁开紧闭的眼睛，大呼："抓到了——"耳边爆响一声惊叫："啊——"接着你开心得躺倒在地打滚。"咯咯咯"的笑声震得我心尖儿发颤。

幸福就这样简单快速地直达内心。

我也喜欢上和你藏猫猫了。小小的你仿佛让拘谨严肃的我回到了童年。

你六岁时，我们举家搬到镇上的新书店。高高的书架后一大一小只有两张床，就是我们的家。空间虽然小了，但我们玩藏猫猫的兴致一点都没有减少。

你躲在被单下。我装模作样像只无头苍蝇这头撞撞，那头敲敲，故意弄出很大的声响。每次我都能听到你在被单下压抑的笑声。但我总要磨蹭一会儿时间再过去。

等我蹑手蹑脚靠近紧抱住被单里的你时，你先是惊恐而后释然的欢笑声从掀开的被单里蹦跳而出，一张圆乎乎的小脸涨得通红，黑亮的眼睛满是游戏后的喜悦。

三年后，我们搬进了新房，不大，七十平方米。门后、衣柜、窗帘、窗台都是我们藏猫猫的好地方。我也不奇怪，九岁的你还喜欢这个简单幼稚的游戏。只要你一招呼，我也乐此不疲。

新房子里宽宽长长的窗帘你最喜欢了。一双胖胖的小脚在窗帘底下紧张而焦急地扭来扭去。当我扑上去连布带人抱住时，你的惊叫你的雀跃，让我觉得我们是天底下最幸福的人儿。

再往后，游戏似乎不好玩了。你这只淘气的小猫开始玩真的了。

那年小学毕业，暑假上英语补习班。课程结束的那天中午，我没等到你，反而等来了一张你托同学带来的纸条：妈妈，别找我，我玩玩就回来。

我慌张了，感觉世界顿时坍塌。除了正常上学时间，还有待在外婆家的八个月，自出世以来，你从没离开过我的视线。我手脚发抖，狂打电话，四处寻找。什么可怕的意外都想过了。我一边找一边掉眼泪，像个迷失方向的孩子，无助、彷徨、脆弱……

当我千辛万苦找到你时，你正若无其事地和同学玩。面对我的一头乱发，气急败坏的样子，你先是愕然，而后默默地跟我回家。我和你爸轮番上阵苦口婆心地陈述要害，你却不作申辩。事后，你却跟人说：奇怪，妈妈怎么那么快就找到我了？

这次真实的游戏镇住了我，我的心简直被撕裂了。我失去了游戏的快乐，反而生出隐隐的担忧。

整个初中阶段，稍遇挫折，或者不如意，你马上扭头就走，把自己藏起来，让我们像无头苍蝇一样四处寻找。你似乎迷上这种游戏，像吸毒一样欲罢不能。你在前面横冲直撞，我们紧追其后。可惜的是每次我都没抓到你，你躲得太远了，远得我摸不到你的心。每次都以你玩累了乖乖回来为结局。

真实版的藏猫猫让我痛苦不堪：我们不玩了，好吗？而你乐此不疲，虽然你迷惘、焦躁，甚至痛苦。

最后一次，你在正常的上课时间不辞而别，你爸爸闻讯后马不停蹄地追随而去，你铁石一样无动于衷，任他呆立车站茫然四顾、手足无措；我的短信长呼短唤，循循善诱，你也毫不理应。那一次，我不哭了，第一次感到累了，倦了，厌烦了。好吧，随你去吧。没想到隔天你回来了。虽然你在外只待了一天半。

从此以后，我再没跟你玩过"藏猫猫"。你的心性也渐渐平和安稳下来。

当你失去对手的时候，你就会觉得游戏索然无味。聪明的你为了占有父母更多的疼爱和关注，选择了错的方式，年少的你还无法体会深爱你的人受到伤害的苦楚。我不责怪你。等你慢慢长大，大到你能反身拥抱父母，担心失去他们的时候你自然会明白。

话外有话

"藏猫猫"游戏是一方躲着，让另一方找不到为最快乐。在孩子的成长过程中，叛逆、躲避，是另一种让父母焦头烂额的藏猫猫。但它已经不是一种游戏了，而是一种对抗。这种对抗没有胜负，有时甚至无法界定对错。如果把双方都放在一间叫作"爱"的房子里，就不会跑丢了。

儿子今年
十八岁

今天，是儿子十八周岁生日。再过十天，他将参加一场人生中非常重要的考试——高考。

非常凑巧，周六晚上学校停水停电，儿子再次回家。这学期他只回来过三次。

冲澡间隙，儿子絮絮叨叨：妈妈，感谢你们送我去集美中学的六年，我觉得我进步很大，独立很多。倒是班里几个同学承受不了高考紧张压抑的学习气氛，早早回家自行复习了……

我听了唏嘘不已。

儿子十二岁离家到集美中学上初中，寄宿。面对一个全然陌生的环境，没有父母的照顾和呵护，开始学会生活自理，学会与老师、同学相处，自己摸索着度过青春期的叛逆，自己化解来自学业的压力，面对自身成长的困惑，一路跌跌撞撞地走来，确实不容易。

今天竟然如此感性地感谢我们早早送他去锻炼，毫无悔意，确实让我欣慰与感慨。六年的酸甜苦辣，只有同样经历的父母与孩子才能感同身受。

（一）

初一报名时，他老爸作陪。我放心不下，出门前不断嘱咐儿子：去学校，要和老师同学友好相处，主动帮老师同学做事，人多做点事没关系，不要嫌麻烦辛苦；还有碰到困难要懂得求助老师同学，他们会帮助你的；要认真学习，像在小学一样棒。交代这些话时，我的心是酸酸的，满心的不舍，满腹的不放心。

一周结束后，儿子开始报告：妈妈，报名那天，同学都走了，我留下来帮老师关门窗，她问我叫什么，我跟她说了，老师还夸我呢！

不久，适逢全国"华罗庚"杯数学竞赛，数学老师相中他，给他很高的评价，每周集训上课。他非常追崇老师，唯老师是听，上课、解题认真，结果比赛取得了全国竞赛三等奖。比赛成绩安慰了我，儿子到了新学校步伐跟得紧，学习没落下。

儿子被编排在海外班，班上好多同学来自印尼、菲律宾、泰国等东南亚国家，他们给儿子打开了一个全新的世界。有时周末儿子会带回一本画册，有时是一枚泰币，有时是一只台湾公仔。当然儿子会回赠一些明信片、笔记本、书签之类的小东西。人际关系的建立非常关键。

儿子刚开始综合成绩跟不上，最差时是年级一百多名。他还是小学阶段那套轻松的学习状态，英语不肯花很多工夫读读背背，语文古诗文也拉分，就一科数学比较稳当。玩心还是比较重的。所以那时最焦虑的是我。为什么舍近求远，跑到集美中学，说真的，还不是想借助学校的优质资源，广阔平台，助儿子一臂之力，走得更远更广。儿子小学非常优秀、拔尖，曾经获得龙海市"十佳少先队员"，福建省、漳州市征文获奖几十次，数学竞赛更是年年得奖。到了集美，强中更有强中手，儿子没办法像在小学那样独占鳌头，心理落差非常大，慢慢地，脾气犟了，性格也闷了不少，仿佛是一匹信缰奔驰的马儿突然掉进壁垒森严的峡谷里，强手如林，而他在那使劲地蹦啊跳啊，却找不到出口。

冲突在那一天不期而至。

那天，老师叫他去办公室领一些奖品回教室分发，不知是同学故意找碴弄倒奖品，还是不小心为之，反正就因这事，儿子和同学吵了起来。旁边同学顺势起哄，看热闹，两个热血少年就像斗鸡一样动起手来了，甚至扯坏了校服。老师气急败坏地赶来，看到那种打斗的场面，不分青红皂白当场判决两个都错，要互相道歉。

倔强的儿子一直认为自己没错，是对方故意捣乱的，他死不认错。结果老师骑虎难下，怎奈放学铃已经响过好久，还没有解决事情。她放下狠话：今天你们两个不道歉，我们全班就不能放学。其实老师让两个血气方刚的少年当众低头认错，实在有欠妥当。结果双方僵持不下。眼看时针一点一点地移动，同学的抱怨声越来越响，而老师也没有折中处理的办法，儿子急了，闷声不响地甩头奔出教室，离校出走。

这下捅了马蜂窝。

大中午，老师电话打来。老公二话不说，心急火燎地驾车赶去学校找人。整整找了一下午，整个学校跑遍了，还是没寻着人。我在家里也是坐立不安。老公思维混乱、手脚发抖，人差点晕倒。连老师也急了，没法上课，到处寻人。年轻的老师没想到出了这么大的乱子。

夜将黑，老公疲倦地坐在校门口的归来堂发呆，没想到儿子默默地从身后靠过来，见到老爸，顿时泪如泉涌："我没有错！我没有错！"老公紧紧搂住满腹委屈的儿子，竟也眼泛泪花，失而复得，又惊又怕的心才安定下来。

事后，等大家平息心情，我们比较理性地分析事件，陈述每个人的对错。尤其对儿子，我语重心长地说：儿子，这件事最开始同学错在先，但我们可以提醒他，也可以告诉老师，让老师处理；当然也可以忽略他，把东西捡起来就好；可能你当时心情不爽，才借机发脾气，这点我们可以理解；还有你以后遇事还需要冷静，不要意气用事，有些事靠逃避是解决不了的，老师、同学、爸爸、妈妈都为你担心，你耍性子出跑，万一有个意外，那不是更悲剧？

儿子默默地听着，一句辩解的话都没有。但我想以后再碰到类似的事情，他肯定懂得了正确的处置办法。我认为，要允许孩子犯错，但要让他懂得从错误中吸取教训。不让孩子犯错，就失去了成长的机会。

初三下学期，学校通知要保送五十名上本校高中部，但需参加全省联招考试。我试探儿子：要不要试一试？如果考上了可以不用参加中考。我主要想刺激他的斗志，因为初中三年来成绩沉沉浮浮，情绪也大起大落，脾性也没有之前的明朗、阳光。或许每个少年的心路历程都是曲折不堪的。

儿子犹豫了：我来试试看。听说保送生考试和全省联招是同一张卷子，有一定的难度。我鼓励他：没关系，考上最好。万一落选，不是还有中考？就当作提前预热吧。不要有心理压力。我的意思是想让他尽快投入备考状态。

不幸的是，考前一个月，儿子得了肛门湿疹。结果每晚放学，老公驱车载他回家敷药打针，隔天天蒙蒙亮，父子俩又赶着去上学。因为坐着难受，每晚儿子就跪在床前的棉垫上复习、写作业，看着也心疼。

四月份，考试日期来临，儿子应约而考。考试结束，儿子皱着眉头说：希望不大，卷子很难。难怪！因为那张卷子是针对全省招生的实验班的选拔卷。我安慰儿子：权当练兵吧。六月中考眼看就要到了。

过了不久，好消息传来了，儿子以第五名保送本校高中部。教务处允诺我们，以儿子的成绩编排在实验班是没有问题的。我们的心得到了安慰。

儿子重拾自信心，期待高中再突破，从六月开始，就借来高中课本开始自学。

凌乱不堪的初中告一段落。

（二）

高一开学报名，一个不幸的消息——儿子被分到了普通班。以儿子保送生的成绩完全可以进实验班，而且当初教务主任给了我们明确的保证，一定可以进实验班的。后来了解清楚，原来是儿子参加保送考试后，放弃中考，而高中两个实验班的生源来源于全省联招前 50 名和中考前 50 名。儿子眼睁睁地失去了一个好机会。回来他沮丧地说：老妈，他们说话不算数！我只能鼓励儿子：没关系，是金子总会发光的！普通班也可以非常出色！这么说纯属自欺欺人，行内人知道，当教育资源紧缺的情况下，实验班和普通班的师资是不均衡的。很多人找关系、开后门，挤破脑袋都想进实验班。跨进实验班相当于一条腿迈进了重点大学的大门。

更不幸的是，高一班主任是物理老师，省级骨干老师，一个月有半个月在外培训、带老师参赛，班级管理极为无序、混乱。儿子陡然间失去老师关注，在一个新班级里没有及时调整心态，浑浑噩噩地过了一个学期，渐渐失去了学习的动力。

第二学期，他让他老爸跟学校申请免去晚自习，理由是晚自习班级太吵，打算自己在宿舍自习。宿舍是我们在校外租的，学校宿舍床位不够，就在学校大门口，图个方便。没想到被他瞅了空。

有一天，老乡去探望她家孩子回来跟我说，她在奶茶店见到我儿子，好像在打工。我听了极为震惊，因为全无征兆，学校老师也没反映他有何异常。

我决定去探个究竟。

傍晚，我拎着炖汤和水果去了宿舍，先跟房东阿婆聊天。阿婆称赞：挺不错的孩子，无声无息的，进进出出阿婆长阿婆短的叫，放学回来洗个澡就去晚自习，晚自习回来还读到好晚。我开始对老乡的话半信半疑。

儿子放学回来见到我，很高兴。喝了汤吃了水饺，换下的衣服我抢着帮他洗，他很客气地推辞。眼看晚自习时间到了，我跟他告辞。我站在离宿舍不远的一棵树下，打算看看。一会儿，儿子出来，没有朝着学校的方向走，反而逆向而去。老乡的话应该是对的。我不想尾随上去。我想先了解清楚。

于是，我跟儿子发了短信：儿子，你应该去上晚自习，打工的事以后再说。如果缺钱老妈再给你。但儿子没有回应。事情是真是假，我一定要眼见为实。

我叫上儿子的小姑姑，也是他的干妈。干妈从小宠着他。我们两人沿着集美石鼓路一家店面一家店面地寻找。几乎要放弃的时候，在一家门面只有两米来宽的奶茶店，进店找人，没想到店里的人说儿子外送去了。

儿子打工的消息千真万确，泪水马上涌上我的眼睛。

从小没让他缺过钱，缺过东西，他为什么会这么选择？别人晚自习，他跑来打工四小时，回去连夜赶作业，按时交作业，老师才没发现异常。而且从不旷课、上课打瞌睡。究竟是什么动力在支撑他这么打拼？

小姑姑劝我先避一避，担心我们母子俩冲突，大庭广众的，不好收拾。她留在奶茶店等他。事后，小姑姑说：儿子见到她非常吃惊，但马上镇定下来。小姑姑跟他解释来集美玩逛街，刚好碰到他。儿子马上请假带干妈去鳌园玩。当干妈询问他打工的理由时，他竟然哭着说：学习成绩总是没长进，高考没希望，我想去读个职专。我老妈肯定不答应，我想自己赚点学费，下学期再转学。

听完小姑姑的转述，我整夜整夜地哭：自责自己太早送他离家求学；自责自己过早放手，疏于沟通、督管；自责自己过于信任孩子。

现在我明白了，这么优秀、这么自尊、这么好强的儿子，当遭遇学习瓶颈无法突破，没有寻求任何人的帮助，而是自己找出路解决。我既为他的迷茫困惑而疼惜，也被他过早的独立而镇住。他仅仅十五岁，过早选择并不是好事。

我开始给儿子发短信，但他从头到尾都不回应。他老爸也上奶茶店寻他，远远见他雨中骑着电动车送外卖，那么坚强，那么决然，他老爸的眼泪也不由自主地掉了下来。

我试图努力让他回心转意。特地上门拜访他的班主任，请求他：孩子出现这些情况，目前做出这种决定为时过早，还不成熟，请你帮忙做做孩子的思想工作，或许老师的话比我们父母的话更有分量，虽然我也是个老师。

没想到他的班主任毫无商量余地：孩子大了，总有自己的想法，我不能干预他。

我不死心，苦苦求助老师：老师，孩子现在年纪小，才十五岁，思想根本还不成熟，出问题需要老师的帮助，而不是一推了之。如果他今天是成年人，我要求你帮助就太过分了，他还是个孩子。

老师铁石心肠地一口回绝：我很忙，整天去培训，比赛，带老师上课，我没有时间管你们家孩子。如果你不放心，干脆带回老家自己督管。

我听了气得浑身发抖：儿子十二岁来集美上初中，本意就是给他一个锻炼的机会，高中继续选择本校，路是往前走的，怎么能退回去？一个人走路都会跌倒摔跤，更何况是一个孩子长长的成长道路？他今天做出错误的选择，我们做父母和老师的怎可以坐视不管？不负责任的老师，说话才会如此不近人情。

我愤然辞别。回来，无计可施。白天、晚上不停歇地给儿子发短信，动之以情、晓之以理，声声呼唤，儿子毫不回应。后来我才渐渐明白，在那种混乱无序的班级，碰到那种冷血绝情的老师，难怪儿子毫无回头之意，他看不到未来，看不到希望。幸好他没有自暴自弃、沉沦堕落，反而想办法自救。

大约第四周，在我日日夜夜短信的袭击下，儿子终于回了一条短信，是一个小故事，大意是说：在青春的路口，曾经有一条小路若隐若现，召唤着我。母亲拦住我："那条路走不得。"我不信。母亲心疼地看我好久，然后叹口气："好吧，你这个倔强的孩子，那条路很难走，一路小心！"那的确是条弯路，我碰壁，摔跟头，有时碰得头破血流，但我不停地走，终于走过来了。

坐下来喘息的时候，我看见一个朋友，自然很年轻，正站在我当年的路口，我忍不住喊："那条路走不得。"她不信。"我母亲就是从那条路走过来的，我也是。""既然你们都可以从那条路走过来，我为什么不能？""我不想让你走同样的弯路。""但是我喜欢。"我看了看她，看了看自己，然后笑了："一路小心。"

我的泪瞬间唰地滑落下来。儿子的意思我是理解的，在人生的路上，有一条路每个人都是非走不可的，那就是年轻时候的弯路。不摔跟头，不碰壁，不碰个头破血流，就不算年轻过。但为什么我们要付出这么大的代价？

我再次苦口婆心：要不这样吧，把高中三年读完，以后你想干什么再做决定也不迟，即使到时成绩不理想读个职专也来得及。我确实不想让儿子过早把自己的路走窄了。

整整一个月，我和儿子拉锯式的讲道理。最后他让步，辞去奶茶店兼职，回校上晚自习。安心不安心也是快期末了。

高一结束。

（三）

转眼升入高二，儿子选了文科，随他喜欢就好。

开学一周，他高兴地说：老妈，我们班主任换了个年轻的毕业生，听说是华东师大高才生。见儿子欢喜我们也欢喜，但愿新来的老师能重新给他信心和勇气。

还不到半学期，儿子就又闷闷的了，原来这位班主任兼语文老师刚毕业，知识和经验都不足，讲课经常出错，当底下同学指正时，她非常难堪地道歉，并允诺再查查资料。结果老师的权威性受到挑战。儿子的学习积极性又掉了下来。

其实我知道，打小儿子备受老师宠溺，再加上天资聪慧，勤奋好学，一直是同学追捧的对象。但到高中，他的心智还不够成熟，不够稳定，还需依赖外界的认可来刷自身的存在感、价值感，当失去外界的关注，他就像一只失去光源的蚊蝇，茫然、困顿，左冲右突，找不到前行的方向。

（四）

好不容易熬到高三。

高二结束那年暑假，刚放假到家，他提出要求：帮我找个数学老师和英语老师，我打算补习补习。中学六年来第一次主动要求补习——罕见。我满心欢喜地为他找了一对一的老师。

数学老师为他分析了几张试卷，并给他做了次摸底考查，发现数学还是挺扎实的，竟拒绝为他补课。

而英语老师给他的评价是：记性好，悟性高，肯吃苦。英语老师一对一陪练，从高一补起，整整六本书。一天一单元，两个小时。先是默写整单元的英语单词，再做各种题型的卷子，两小时没休息过。儿子每晚会把整单元的英语单词默背一遍，再把中文写上，隔天到老师那，就一个一个默写出来，通常一单元七八十个，只错四五个，正确率蛮高。

我想，发自内心的需求，是任何力量都阻挡不了的。儿子有点发愤图强的斗志，我们也替他暗暗高兴。

转眼高三开学，六个科任老师全部换掉，可见原先的老师确实耽误了这群孩子们。所以，我本人身为老师，一直警醒自己，一定要尽责尽职，一定要关注孩子。一个有责任心的老师，有时真的可以改变孩子的一生。

儿子这时也全力以赴沉浸在高考复习状态中。尤其每个知识点复习完之后的测试，他都能看到自己努力的成果，他坚信只要肯付出一定会有收获。我们从小也是这么教育他的。自始至终，他通过自己努力，学科考试、各种类型的竞赛，得到自己想要的玩具、图书，甚至大物件、手机、电脑、电视机。

高中三年，他最不尽如人意的成绩，曾在六百多名的学生中排名四百多名，连他也对自己失去了信心。但高三，一次又一次的进步，鼓舞了他，最好的成绩排在年级文科生二十几名。高三第二个学期，全市市质检，他排名一千两百名；期中考，他排在全市九百多名；到省质检时，排在全市七百多名。他的信心越来越强，隐隐约约看到了高考的曙光。

曾经零落一地的挫败感也暂时消失。我们暗暗为他鼓劲，除了生活上的照顾，保障身体无恙，情绪平稳，学习上的事情全部靠他自己拿捏把握。

儿子独自一人在外求学，六年一路走来，承受着身体发育、精神成长的困惑，承受与同学、与老师相处的矛盾，承受学业上的滑坡、失落，以及独处时的孤独与迷茫，竟然无怨无悔，竟然感恩我们，我的内心不禁涌起一股暖流。

十八年前的那个夜里，儿子啼哭着来到我们的身边。从此我多了一个母亲的身份。没有人教我们怎么做父母，什么样的父母才是成功的父母，什么样的孩子才是成功的孩子。我们只有满腔的爱，义无反顾的爱，陪伴孩子一路成长，他健康，我们安心；他快乐，我们就幸福。当然每个父母的心愿是希望孩子比我们这一代人更优秀，比我们走得更远，拥有一个更为广阔的未来，美好的人生。

高三这年，儿子的独立、理智、沉稳、自信，又让我看到了曾经引以为傲的儿子。不管高考结果如何，我们应该用平和的心态接受。成功与否，他都是我的儿子，我今生今世唯一的孩子。血脉相连，与他喜，与他忧，与他一路同行。

话外有话

我们习惯把"十八周岁"界定为一个孩子真正长大、成年的时刻。成长是身心的历练，是两代人的碰撞和一路的陪伴。"我们只有满腔的爱，义无反顾的爱，陪伴孩子一路成长，他健康，我们安心；他快乐，我们就幸福。"仅此而已。

高考午餐
半小时

又到了一年一度高考放榜日，真是应了"几家欢喜几家愁"这句老话，高分喜低分愁，如愿喜拂意愁啊！

时隔两年，我还记忆犹新——儿子 2013 年的高考。如今提起这个话题，已经颇能淡定谈论理性对待了。当初写了几则日记，今日稍作整理记录。或许若干年后，回过头来反视这些，一切都是烟云。

日记一则："有人选择复读"

2013 年 3 月 2 日 星期六 晴

离高考还有 97 天。

儿子自初一去集美中学寄宿求学，第一次主动要求周日不回家。今天，我和儿子有约。

我提上土鸡香菇汤、水饺、水果、小蛋糕。从角美开车出发，紧追慢赶开了 45 分钟，到了集美中学新校区高中部，比儿子 11:30 放学提前了十分钟。

停好车等候。远远看见儿子高高的身影出现在操场，我连忙提起东西走到校门口。没想到儿子见了我，皱着眉小声说："我不是叫你在车里等吗？"我一头雾水，不明所以，后来才知道儿子是想在车里解决午餐。我暗暗纳闷：为什么不到食堂或宿舍吃呢？憋在车里多难受！但我默默地顺从了他的意思。

儿子稍作解释：不喜欢。而且家属不让进。

车里小小的空间确实施展不开手脚。可是儿子却轻车熟路地打开副驾座后背一个塑料板，咦，竟成了一个迷你小餐桌。

儿子一边津津有味地喝着鸡汤，吃着水饺，一边絮絮叨叨起来："老妈，你知道吗？我们年级第一的那个同学竟然想复读，这次开学入学考没参加。"

我心头一凛，担心儿子受影响，马上装作漫不经心的样子："哦，是吗？每个人都有自己的选择，她这样选择肯定有她的理由。我们不要在意别人的选择，我们只管做好自己就对。反正这条路我们一定要走到底，全力以赴走，不管结果如何。"

忽然，儿子微微一笑："我这次文综考多少你知道吗？194分，班级上考200分的只有两个。政治、地理考多少呢？你猜猜？"望着我探询的目光，他又自顾自地说："政治53分，班级最高分61分，难考！"而后眉飞色舞地说，"那你知道我历史考多少吗？"——他故意停顿了一会儿，吊起我好奇心，才说："84分。班级第一。可惜老师没表扬。"

"数学123分，少记了5分。"

"英语这次差了，只考了98分，完形填空一口气被扣了9分，不应该！"

"语文一般般，108分"

……

半小时里，儿子絮絮叨叨，仿佛要把一周的话全倒出来。

儿子初中保送上集美中学高中部，因种种原因，高一高二荒废了很多大好光阴，迷茫过、彷徨过，甚至想逃避放弃，等他清醒过来，已经是高二的暑假了。真正想安心下来认真读书也就高三一个学期。他最差的名次是年级四百多名，经过一个学期，现在进到年级三四十名。他自己也意识到考一本有点困难，但我鼓励他："儿子，时间还没到，一切都有可能。只要你能安心下来，跟着老师的复习节奏走，查漏补缺，应该还有提升的空间。尽力去做，你才不会后悔。"

结果今年整个寒假二十多天，他一刻不得闲，严格按复习计划实施。开学报名那天，郑重其事地告诉我们："这个学期我可能只回来三次，第一次清明放假，第二次五一放假，第三次就是高考结束永远放假了。哈哈！"

看他眉飞色舞的，我心里暗暗高兴：儿子，确实长大了！在这人生关键的时刻，能勇敢面对，即使结果不尽如人意，也无缺憾。

我徐徐启动车子，"老妈，开慢点！"儿子大声喊道。我有点欣慰：儿子，但愿你能考好这关键的一次考试。我们会陪你在身边的！

日记二则："喜欢设计专业"

2013 年 3 月 9 日 星期六 晴

离高考还有 90 天。

这周我煲了猪心枸杞汤，准备春卷，虽然制作工序很烦琐，但儿子喜欢。还带了三个大鹅蛋，两个乒乓球大的土鸡蛋，他大姨送的。

到达学校时，离放学还差五分钟，我找了个阴凉的地方停车，大中午气温 30 度，儿子在车里解决午餐真不容易。这回比上次有经验多了，先打开车窗透气。

11:30 刚过，儿子背着书包大踏步走来——精神不错！

端出瓷盘里的春卷，儿子两眼放光："咦，春卷！昨天我们才说起呢！"他二话不说，抓起春卷咬了一大口，嚼了几下："啧啧，老妈，不错！好吃！"我满心欢喜："今年做春卷，有经验多了。所有切好的菜分别下锅焯水，去掉苦味涩味，然后再下锅翻炒，口感会清脆点。"

儿子一边狼吞虎咽，一边说："老妈，我很喜欢设计，集大的视觉设计很适合我，我叫老爸问问老茂叔叔，不知问得怎样？"

"问了。还问到他们的党委书记呢。报考这个专业必须参加美术专业考试，你已经错过时间了。高一那时你老爸整套美术用具都给你准备好了，你都不去学。"

"哦——"儿子一脸遗憾。

我安慰他："之前你不是考虑师范吗？师范也不错，寒暑假期长。"

儿子似乎还没从自己一厢情愿的设想中脱离出来："我仔细想想，还是比较喜欢设计。而且我有个同学的老爸在岛内有家设计公司，我毕业后可去公司做。"

他略一停顿，似乎下了很大的决心，把心事和盘托出："老妈，我想如果选择厦门理工，你们可能不赞成。厦门理工，文科生可选工业设计，这个也不错。"

我迅速在大脑里分析权衡一番，接他的话题："设计不错。其实，师范也好，设计也好，只要你喜欢，肯潜心钻研，从事什么行业我们都支持你。从小到大，我们一直这样做。但是不管选择哪所学校哪个专业，目前当务之急的还是成绩。成绩上升，你选择的余地就宽裕多了，到时随你喜欢挑，不是更好？如果能上一本，为什么选二本？如果能上更好的学校，为什么甘愿低就？"我的意思，儿子是清楚的，谁不愿意向更远更好的方向走呢？

儿子一听就明白了："我也知道，成绩上去了更要紧。我说说罢了。"

在相对公平的高考面前，分数还是唯一能说话的一个指标。

我曾经告诫儿子：如果你起点低，以后的路会更曲折些。现在可以选择的机会多了，但我还是希望你高考考个好分数。其实一个孩子能否经受住高考这架重磅机器的考验，至关重要。挺住、坚持，即使结果不尽如人意。人生道路不是同理吗？成绩有高低，能力有优劣，人生有成败，但如果有一颗不向困难低头、顽强向上的心，那应该也算生活的强者。如果碰到困难选择逃避、选择放弃，寻找各种借口为自己开脱，这种做法我不赞成。

刚到家，儿子一条短信紧随而至："老妈，开学入学测试年段15."我心一阵兴奋：好样的，进步大呀！上学期期末年段43，跃上15，没枉费他整个寒假的苦功了。我回了一条："哈！恭喜！加油！"

儿子这周给我一个惊喜，但愿高考也能给我一个惊喜。

日记三则："职专话题"

2013 年 3 月 16 日 星期六 晴

离高考还有 83 天。

我炖了小肠莲藕汤，腊肠蛋炒饭。儿子见了眼睛一亮："哇，好看！好吃！"红的萝卜丁、绿的葱花丝、黄的鸡蛋片、腊肠、包菜丝，确实香气扑鼻。在"美食家"儿子调教下，我这老妈的厨艺也越来越有长进了。

　　一眨眼工夫，汤呀饭呀被消灭得一干二净，连一颗饭粒也没剩下。

　　儿子吃饱喝足，咂着嘴说："那天，上体育课，我们几个同学闲聊。大家说，高考其实是优等生的高考。早知道当初直接去读职专，学一门手艺，毕业出来工作好找，不怕本科四年出来，找工作到处碰壁。呵呵，我觉得大家说得有道理。"

　　我的眼前似乎看到一群涉世未深的少年，在春天明晃晃的阳光下，睁着迷茫的眼睛望着偌大的操场，无边的天空，一副彷徨无措的样子。遥远的未来如此不可捉摸，未知的命运如此遥不可及。孩子们平时耳闻目睹身边一些年长的毕业生——毕业就面临失业，或者家庭投入与工作收入不成比例的矛盾时，这些现实状况对孩子们确实是一种打击。怎么选择？怎样迈出人生的第一步？

　　我静静地盯着儿子说："孩子，开弓没有回头箭。往前走，车到山前必有路。不要设想以前，没有经历过的一切都很美，但是或许当初你选择了走职专的路，说不定又会面临更多困惑。人要勇于担当，千万不要因困难而选择借口逃避。有时付出之后，即使输了、败了，也不能后悔。这样的经历又是另一种人生体验。儿子，抬起头，勇敢往前走！"

　　我碎碎杂杂地说了又说，担心儿子临阵逃离。如今高三的教室里壁垒分明，优等生埋头苦拼，向名牌学校、重点学校冲刺，不存在能不能上一本的困扰。落后生明知无望，大多数已向艺考、体考的道路奔去。最纠结的是这群不上不下的中等生，临近终点放弃于心不甘，苦撑到最后又觉希望渺茫。其实我们大部分人处于尴尬处，关键是怎样把握方向，才不会迷失自己。

　　半小时午餐匆匆结束，儿子带着我的鼓励和劝慰，似乎又满怀信心地返回校园。我既惆怅又充满希望地发动车子缓缓离开。

日记四则："继续职专生话题"

2013 年 3 月 23 日 星期六 晴

离高考还有 76 天。

今天，儿子回家。自 2 月 26 日开学，到今天才回家。我炖了汤，炒了只老鸭。儿子吃得满心欢喜。

第二次市质检刚结束，儿子总分 515 分，班级第 7，年级 45 名，全市 900 名，跟上学期期末差不多。这次试卷由厦门一中教师出卷。听儿子说，试卷难度系数有点大。数学考偏了 10 分 8，英语也差 98 分，倒是语文进步 115 分。

儿子有点急躁，一直使劲，每次考试不是这科上了，那科掉了；就是那科上了，反而这科掉了。看来基础的确不扎实。

杨少鸿老师是中学资深老师，他很有经验地说：高中读三年考一本，读两年上二本，读一年只能选大专。我听了心里发毛，急得发慌，儿子潜下心来读书也就高三这年，看来结果不容乐观。

但我不能把这种担忧情绪传递给儿子。每次讲到成绩、排名，我总是信心百倍地给儿子打气：还没正式高考，一切皆有可能。只要你不放弃，不懈怠，脚踏实地跟老师走，一个知识点一个知识点慢慢吃透，即使你高一、高二落下，如今查漏补缺还来得及。时限未到，无论如何要坚持到底。从另外一个角度来说，之前错已错过，后悔惋惜也来不及，只能大踏步往前走，全力以赴去完成这场至关重要的考试。

儿子理智地说：你讲的道理我都懂。我确实想用功，但成绩老是不能突破，我很苦恼，有时感到很茫然，不知这样坚持努力有没有意义？那些职专生毕业后工作待遇竟然比本科生还高，还抢手，早知道当初直接去读职专就好。

我一阵默然。说白了，我还无法大方坦然地接受儿子选择职专这条路。作为一个世俗的家长，到目前我还不愿承认儿子没有能力参加高考。他自小是一个资质聪慧的优等生，一路遥遥领先，来集美中学初一还获得了全国"华罗庚数学竞赛"三等奖，初三通过本校保送生考试，50个同学名列第5。他应该有能力应对这场考试，应该有一条更宽广、更灿烂的道路的。

那时的儿子就像一只迷途的羔羊，其实我们做父母的何尝不是呢？谁也不敢拿孩子的未来做赌注。

儿子，妈妈真心对你说：我怕辜负你！没有谁教我怎么做父母，没有谁教我怎么教育孩子，我仅能勉为其难地用我微乎其微的知识、经验来带你成长，我担心留下遗憾。是的，地上的路千万条，是金子总会发光的，但我一直惴惴不安，万一把你埋在泥沼里呢？

日记五则："师范专业"

2013年3月30日 星期六 阴转雨

距高考还有69天。

今天我准备的炖汤是排骨干贝莲藕汤，春卷。因为清明节正逢省质检，儿子无法回家。我一大早采买食材，耐心地把菜一一切碎，焯水，下锅翻炒。儿子最爱吃春卷了。

非常准时，我到时11:30，儿子出来11:35。

看到春卷，儿子二话不说，风卷残云。

儿子抽空问："怎么集美大学是一本，集美师院是二本？他现在又想绕回去选师范专业了。

我提议：既然选择师范，有能力还是挑一本，以后再考个研究生，找个中学教职或是争取留校，会更好。

儿子苦笑：我也想哪！就是不知道能不能考上。

我又给儿子打鸡血：要相信自己，还没到最后千万不要放弃。

儿子踌躇了一会儿：集大要一本线上30分，我哪来的30分呢？哦——数学来个20分，英语来个10分，文综一科再拿个5分，这样合计起来，应该没问题了吧！

"对，要对自己有信心，每科多考几分，合起来就不得了了。儿子，不到最后不放弃！"

"好的！"儿子满怀信心地望着我。

其实我心里也没底，千军万马过独木桥，谁也不甘落后，谁也不肯被挤下河。每个父母都相信自己的孩子是最棒的。还没到成绩揭晓，还没到尘埃落定，每个人都满怀希望。

儿子高三一年确实用心，但没有其他同学那种"头悬梁、锥刺股"的苦行僧拼劲。他在自认为刻苦的情况下，生活安排得井井有条，11:30准时睡觉，从不开夜车；早上6:00准时起床，不管宿舍内鼾声如雷。午睡一小时。奇怪，他整天筹划这筹划那，生活节奏却没有被打乱过，周日午餐照常和同学到外面找美食。

对于他的做法，我从不干涉。自小我就推崇"学要认真学，玩要痛快玩"，做事要讲究效率，杜绝拖泥带水的坏习惯。结果，儿子在我们的民主熏陶下，自制力特别强，只要目标明确，吃多少苦他都能承受。

那次中考前，因为屁股湿疹，天天要回家打针，早 5:30 出门，晚 6:30
到家，角美——集美跑了一个多月，每晚跪在床前复习，在那种情况下
考上保送生，我还是佩服他的。高一利用晚自修跑去奶茶店打夜工，晚
上 10:00 回来抓紧做作业，一次作业都没落下，蒙了老师一个多月，还
是我跑去班主任家，老师才知道。

但他有一个致命的缺点：自负。对一些不顺眼的人和事，缺乏包容
心和接纳心。尤其是班上的老师，如果哪点做得不妥，他虽然不会顶撞，
但学习兴趣和热情马上就会下降，导致影响学习成绩。高一没有遇到喜
欢的班主任；高二换了个东师大新毕业的女老师当班主任，新手缺乏经
验，所以知识点经常讲错；到高三，整个班级成绩确实不成样子，一口
气换了六个老师。唉，儿子也是"生不逢时"啊！

现在他也惭愧：奇怪，高一高二我是怎样走过来的？

高三一年他非常用功。是的，曾经蹉跎的时光，现在必须付出双倍
的努力。其实，每个人都是在不断犯错中成长起来的，高三这年应该成
为他人生中一笔宝贵的财富。

日记六则："省质检结束"

2013 年 4 月 6 日 星期六 晴

距高考还有 62 天。

今天省质检考试结束，儿子说："明天不作安排，我想回去！""好
吧，让你老爸去载你！"

回来时已经是晚上六点多。

他大姨四点多就急火火地送来三份台湾牛肉套餐，一份牛肉羹，还

交代：晚上你们不用准备晚饭了。儿子一边吃一边夸赞："阿斌阿姨太好了！见了她我可要好好谢谢她！"

儿子絮絮叨叨：这次省质检感觉比市质检好考多了。就是不知结果如何？我听了又燃起一丝希望。

吃饭间隙，刚好亚雹老师从集美回来，拐进来坐坐。她儿子跟我儿子同年级，是理科班。她这两天给儿子煮饭去了。听她儿子说：这次省质检比市质检难多了。我听了刚刚上扬的心又沉坠了下来。

儿子吃完饭跟他老爸去参观龙泉华庭我们新装修的房子，回来满意极了。

我笑着说："儿子，你对卧室和浴室的设计喜欢吧！现在我们两人的任务完成了，下回就看你的了。记得哦，这是我们春节的约定。"

儿子顿时拉下脸，扭过脸说："好啦！知道啦！"

气氛顿时僵住了。唉，我又给儿子施压了。我为什么不能脱俗呢？为什么总是盯住高考不放呢？为什么总是盯住成绩不放呢？为什么无法让他安心地静静地歇上一天呢？忽然间我的心情无比恶劣，为自己的功利而懊恼，为自己的浅薄而厌烦。我不禁质问自己：你确实爱儿子吗？是爱现实中的儿子，还是别人眼中的儿子？你的心为什么总是放松不下来呢？

我沮丧极了，一夜无话。

日记七则："家长会"

2013 年 4 月 14 日 星期六 晴

离高考还有 55 天。

今天开家长会。

省质检分数出来了——儿子考了547分。比市质检多了三十几分，怪不得他说好考很多。比厦门自划的一本线多了1分。他就是老师所说的"临界生"，在剩下的五十多天里，往前冲一点上一本没问题，一不小心掉下来，就到了二本。

我忐忑不安，但没把这些忧虑表现出来。

9:00家长会，我8:00到校，带去了豆浆、肉包、小肠猪肝瘦肉汤给儿子当早餐，顺便换被单，我打趣道：这一次是最后一次换被单了，很快就卷铺盖走人了。

儿子吃着早餐，照常滔滔不绝，讲自己，讲别人，看不出有什么压力。"我这次语文阅读没做好113分；数学失误了，一道5分题白白丢了；英语阅读、作文还过得去，就是单项选择错太多；最气人的是地理，整整一道12分题让我做错了……"

儿子一副痛心疾首的样子。能如此清晰地分析试卷的得失，是好事！

我对这分数还是满意的（事后知道这次成绩全市排名700名），但还是希望再多考个四五十分，这样上本一更有保障。但这种愿望不能表现得过分强烈，只能慢慢来。就像一个挑五十斤担子的人，你每次只能十斤十斤地加，而不能一口气把五十斤撂在他肩上。若这样，他会承受不了，要么扔下担子落荒而逃；要么承受不住瘫倒在地。

"没事！高考还没到，慢慢来，还有机会！"

我总是这样安慰他。当我渴望奇迹的时候，我更担心儿子受到伤害。毕竟高考不是唯一的出路，人生有无限种可能。

家长会开完11:00多，儿子带我去豪佳香吃牛排。很绅士的做派，点菜、取菜、用餐，全然一个能担当能照顾人的人。

"吃完再拿！""冒尖了！别盛太多！"当我堆得高高的凉拌海带丝滑落桌上，儿子的话竟让我心生惭愧。

他是健康的！他是上进的！

日记八则："厦门理工升一本"

2013 年 4 月 20 日 星期六 大雨

距高考还有 47 天。

今天出门正临瓢泼大雨。老公把车上除湿开关打开，车窗还是一片朦胧。雨大车多，一上路就高度紧张。从新书店出发到东孚红绿灯路口，整整开了二十分钟。我心里一阵焦急。幸好东孚过后，雨渐渐小了，车也少了许多。我一路飞车到园博苑红绿灯路口，才过 15 分钟，心中庆幸时间还来得及。

11:30，车子一分不差停在学校门口，撑伞下车擦洗车窗，天色竟然渐渐明朗起来，雨也没了。我跟儿子打趣：这雨也通人性，见你来了，赶快跑了。

"呵呵！"儿子一边喝汤一边开讲，心情愉悦。我发现他脸上的痘痘多了不少，胡子茬儿多了许多，下巴尖了，心里隐隐生出怜惜，但没表露出来。

高考面前，在目前这条相对比较公平的道路上，大人小孩压力山大。能上一本的想冲重点校、名牌校，能上二本的想往一本奔，专科线的想向二本跳。愿望是美好的，理想是诱人的，不到最后关头，谁都不想轻易放弃。

儿子津津有味地吃着。排骨莲藕汤、腊肠炒饭、清蒸虾，花样不少，但他吃得不多。看到我疑惑的眼神，儿子解释："早餐吃太晚还没消化，况且东西太多了。"我笑笑："每个当妈的都恨不得把整个厨房搬过来。"

我询问这周有没有找文综老师交流，因为省质检文综成绩不理想。儿子说："有啦！但我尽量不去，不到万不得已我不喜欢去麻烦老师。"

我劝解："没事！有什么解不开的问题直接找老师。反正再麻烦也是这一个多月。"

儿子报喜："这周数学抽测班级我第一。"我乐了："好样的！加油！"

忽然儿子说："听说厦门理工升为一本了，我们知道后很惊慌，很多同学本来计划报考理工的，看来又没希望了。"

"是啊，计划赶不上变化。没事，尽力吧！"在这节骨眼上，我祈祷在剩下的时间里，儿子身心健康，平平稳稳地、从容自在地迎接这场对他具有转折意义的考试，应该可以顺利完成。

"老妈，下雨路滑，开慢点！"儿子永远不忘照顾别人。

接下来几周，日子像流水一样有条不紊地过着。

日历一张一张地撕，高考的脚步一步一步临近，儿子状态良好。

我的半小时午餐如约而至，但日记不知怎的停了下来。经过几周午餐半小时的陪伴交谈，我和儿子的关系更密切了。我想：不管高考结果如何，我能够陪伴他一起走过人生中这段最关键、最难熬的时光，若干年后，或许会成为我们两人最有意义的，最值得回味的一段记忆。

2013 年 6 月 7 日 ~8 日

儿子高考。

一场关乎他未来人生走向的考试。

到处弥漫着紧张的气氛，家长谈论、媒体报道都离不开这些话题，"陪读大军""陪考大军""高考经济""高考状元"等等。考生家长承受的压力更大，眼睛盯着孩子，心里关注着分数。

我们征求儿子的意见，要不要陪考。儿子断然拒绝：让我像平时考试一样吧。结果我们在他高考这两天，该上班的上班、该开店的开店，但心都记挂着。

2013 年 6 月 26 日

高考放榜日。

下午四点多，儿子从家里打来电话："老妈，成绩出来了——498 分。"我一下蒙了，握电话的手不自觉地抖了起来。"好，我马上回来！"我扔下手头事情，马上往家里赶。

是的，我不相信儿子会考出这样的分数。我一直期待奇迹出现的，一直相信儿子的努力的，一直信奉只要付出就会有收获。我要眼见为实。

一进门冲到电脑前，儿子指着电脑页面，一科一科地报分数。千真万确——498 分。可能见我的脸色难看，儿子盯着我嗫嚅着："会不会哪里出差错了……我自己估分没这么低……要不我再重新查一次。"儿子退出页面，重新输入准考证号、身份证号、密码，当页面出现"林可"各科的分数，我取出手机计算一遍，毫无错误——498 分。

忽然，一种莫名其妙的伤感蓦然涌上心头，顿时觉得头脑发热、心脏急速跳动，额头竟然冒出汗，症状如一个发烧患者。我试着深呼吸几次，尽量平静地跟儿子说：成绩出来就好！出来就好！

退出儿子房间，我挪到餐桌旁坐下来，尝试深呼吸，想抑制住内心的波涛汹涌，不知不觉，眼泪悄悄地滑出眼角，顺着脸颊流进嘴角，咸咸的、涩涩的。此时，我的感觉就如一个运动员一心向着终点，使劲跑啊使劲跑啊，跑到终点，抬头一瞧，却是空无一人、夜阑人静。

或许是我高估了他的实力，或许真的是儿子考试失利。其实我并不是期待他一炮冲天，一鸣惊人，省质检后我只暗暗祈祷他正常发挥就好，只要能上一本线，可选的学校和专业会更好一些，这下路子窄了。文科一本划线 513 分，儿子差了 15 分。

老公也蒙了。他连夜赶到集大找朋友问个究竟，到底哪里出差错了。没想到人家一针见血，指出问题的症结：你儿子高三老老实实跟着老师一个知识点一个知识点地复习，因为有心，所以成绩突飞猛进。但高考是考综合知识运用，况且这次试卷难度系数较大，一些平时可上可下的中等生自然而然被难题拦住，成绩下滑不言而喻。如果试卷容易些，像你儿子这类同学就会多得分。没事，正视现实，根据成绩选学校和专业吧。

老公苦笑着：这小子，当初鼓励他报考集大，还说初中高中待集美六年了，不想再待在集美了。你看，现在连你们学校也报不了了。

回到家里，老公建议：既然上不了一本，又是二本头，干脆留省内吧，读书包括以后工作都方便。到省外，沿海城市好学校难挑，只能往西北边远省份找，学校也不可能好到哪里去。儿子参考了我们的意见，也作出决定：那好吧！如果我刚踩上一本线，你们好歹也会揪住尾巴，让我跑到外省争取个一本校。

后来，从之前讨论的师范专业考虑，根据儿子高考排名位次，省内高校泉州师范学院比较有胜算。儿子想挑地理、历史专业，我说：可以，就是以后工作可选余地较少。要不中文吧，小学、中学、大学任职都可以，还可以考公务员，也可以去报社做文字编辑、企业文案处理。总之一句话，中文哪个行业都需要，关键是能不能做精，做细。最后儿子决定报考泉州师范学院的汉语言文学专业。

选学校和选专业都很顺利，基本没有什么波折。因为分数、位次就摆在那。

泉州师院录取结果出来，老公第一次正儿八经和儿子圆桌谈话：要正确对待高考失利，它只是你人生当中的一小阶段，这次没发挥好，只是说明你在这个阶段没把握好。其实人的一生会遇到无数次挫折和失败，关键是你能否从挫折和失败中自我反思，吸取教训。高考失利，意味着你大学的起点低，意味着你今后要走更长的路，付出更多的努力。只有你认清这点，这场考试才具有意义。儿子，我一直相信你的，大学四年要好好把握，它是长见识、长能力、长经验、长阅历的地方，一个人的人生观、价值观的形成非常重要，你千万不能再错过。

儿子把自己关在家里一个来月，天天起大早给我们准备早餐，煎得金黄金黄的荷包蛋摆在瓷盘里等候。白天来书店帮忙看店、整理货物，待人得体，做事利落。

我笑着对他说："干脆书店给你经营好了，不仅省了大学四年十来万费用，再赚个一二十万很轻松。"他回答得很干脆："不了。我读完大学要做我自己喜欢的事。"

非常有个性、有想法。或许正是因为这点，他才会在这场高考中失利。在陪伴他的十八年里，我一方面希望他循规蹈矩地、按部就班地在教育的条条框框里读书、考试，用成绩来衡量他的能力；一方面又用民主的态度来教育他，一切以"喜欢""兴趣"为前提，尽量尊重他的想法，顺着他的天性，尽量做他的良师益友，陪他成长，陪他享受生活。但是生活并不是我们想象的那样貌美如花。

2013 年 9 月 6 日

儿子报名开学。

这一天，我照常上班。

老公开车把儿子送到角美动车站。

儿子独自一人拖着行李箱踏上往泉州的动车，开始他一个人全新的生活。

我们提出陪他上大学，他洒脱地说："不用啦！车票网上订好了，宿舍床位让师姐选好了，生活用品上超市买就得了，购物清单我都列好了，到动车站有人接新生……"听起来，云淡风轻，仿佛像往常一样出门旅行一般。他的独立竟让我无端生出一丝失落，一种剥离的不舍。

我记得龙应台曾经说过："有些事，只能一个人做。有些关，只能一个人过。有些路啊，只能一个人走。""所谓父女母子一场，只不过意味着，你和他的缘分就是今生今世不断地在目送他的背影渐行渐远。"

儿子，三年高中生活告一段落，走进大学，但愿能够重新开始，明确定位，脚踏实地，创造属于自己的美好未来！天底下的父母对孩子永远充满期待，永远寄托美好的梦想，如果有一天孩子能够明了父母心，这两代人的情缘才真正尘埃落定。

话外有话

半小时的午餐时间，半小时的沟通交流，在高考这么一个万众瞩目的背景下，显得软弱、焦心，但却或多或少温暖了它的紧张和残酷。其实，在漫长的人生之旅，高考只是一个短暂的片段罢了。午餐却要贯穿人的一生。不以成败论英雄，只有真正的爱才能滋润、营养平凡的人生。

感恩的孩子
受人欢迎

　　我的儿子，在别人的眼中可能不是优秀的孩子，尤其那个让人不太欣慰的高考成绩，离一本线差 15 分，让我们确实沮丧了大半年。

　　说真的，培养孩子方面，我们也拥有所有中国父母望子成龙的迫切愿望，以小家庭的能力倾其所有。家住在东山村，四年幼儿园载到镇上幼儿园上；上小学时，为了上镇上中心小学方便，举家搬到小学旁开书店；小学毕业，到厦门集美中学寄宿上初中；为了留厦高考，费了很大周折把父子俩的户口迁到厦门。原计划以厦门户口优势考个厦大、集大，没想到连一本线都没踩上。

　　不失望那是假的。尤其对我打击相当大。但出于对儿子的疼爱和保护，我反而要收拾起自己的沮丧，去劝慰他：大学之路，一切清零，重新开始。

　　儿子揣上银行卡，自己背起背包，拉上行李箱，踏上动车去泉州师院报到。非常独立，遗憾中的欣慰。

　　放假归来，两个姑姑轮流请他吃饭。

　　去大姑家："大姑，你包的粽子实在太好吃了，比街上卖的好吃一百倍，舍友都抢光光。"大姑听了眉开眼笑："是吗？你走的时候，我再包几个让你带走。"去小姑家："干妈，你确实好手艺，菜头粿，料足韧劲，我可以当饭吃。"小姑心花怒放："好好好，爱吃再蒸。"儿子还记得大姑的蛋粿、肉丸、芋头煲、鳊鱼羹；记得小姑的春卷、蒸蟹、蚝仔煎、食材丰富的火锅。他陶醉地说：两个姑姑比老妈还好！

两个姑姑生日，他会上街给她们挑礼物：丝巾、鞋子、钱包。姑姑接到礼物满心欢喜，更是大张旗鼓地张罗吃的、喝的，每次儿子都吃撑了。

去年我们生日，他给我准备了丝巾，给他老爸带个靠枕，因为他老爸整天坐镇书店，腰椎间盘突出，准备给他垫腰部。其实儿子给我的围巾多得很：丝的、毛线的、棉的，厚的、薄的，长的、短的，每次围着儿子送的围巾，我的心就暖洋洋的。前年送了个牙刷架，老婆婆老公公的图样。每天早晨，睡眼蒙眬中刷牙洗脸，一看到这副萌态十足的牙刷架，嘴角就不禁漾起笑意，仿佛又回到与儿子陪伴的时光。

今年暑假，儿子送我们一副飞利浦电动牙刷。送之前，他掏出自己先前买的电动牙刷，非常耐心地示范，鼓励我们接受。他说：是贵了点，但确实好用，性价比非常高。看到我们还在犹豫，马上露出一嘴洁白的牙齿炫耀：你看，牙齿白不？他那烟瘾大的老爸马上点头：要看能不能把我这嘴黄牙刷干净！如今，电动牙刷套在那副可爱的牙刷架，每天陪伴我们新的一天开始。

儿子假期去武汉找朋友玩，临行前懂得拎上礼物给朋友妈妈当见面礼。旅游归来，感念朋友妈妈的盛情招待，请他老爸寄两斤茶叶回礼。他说：朋友妈妈请假去机场接机，除了在家盛情款待，还带他去江边吃大排档，还交代以后如果买小车，可以找她要特价。儿子言语之间都是满满的感激。

　　其实儿子从小就懂得记住别人对他的好处。他出世时，七十几岁的祖母颤巍巍地抱他、喂他、陪他。儿子念着祖母的好，每次回东山都记得带上小点心找他阿祖说说话；幼儿园美珍老师对他的关怀，他也永远记在心头，六年级毕业文章结集出书，马上想到要送一本给美珍老师；到集美读书，受到同学妈妈的关照，带上安利洗洁精送她……

　　儿子能记住别人的好，懂得回报对方，礼物虽小，但点点滴滴代表他的心意。如今他在泉州学习生活，又结识新的同学、朋友，又有了一个新的生活圈，用他的真心、细心、爱心，为自己打造了一个和谐融洽的圈子。

话外有话

　　记住别人的好，懂得回报，用真心、细心、爱心，为自己打造一个和谐融洽的圈子。我想，这应该是恰到好处的一种教育了。

放手
也是一种爱

经常在超市看到一些惨不忍睹的场景：

孩子满心欢喜地跟着大人逛商场，拎着购物篮，一个劲地把自己喜欢的东西往篮里塞。到收银台结账时，大人开始不耐烦地往外扔东西，并大声呵斥："这个不行，那个不行，这个家里很多，那个昨天刚买过。你没钱，还大手大脚。你不知大人赚钱辛苦……"

本来咧着嘴欢天喜地、充满期待的孩子，随着大人一声又一声的训斥，嘴角慢慢耷拉下来。若是温顺的孩子，心不甘情不愿地跟着大人，两手空空地磨磨蹭蹭地走了。万一是倔强、任性的孩子，则使出撒手锏，放声大哭。有的一哭奏效，在大人骂骂咧咧中，志得意满地提着大包小包走了；碰到强硬的或荷包瘪瘦的大人，软硬不吃，孩子直接躺地上哭天抢地撒泼，大人开始吓唬："你自己掏钱埋单。""要不你给老板当孩子好了。""要不你留在这，我走啦！"然后作势拔腿就走，孩子被这一吓，只好灰溜溜地爬起来跟着走了。

本来是一次愉快的购物体验，一次难得的亲子活动，结果搞到最后心惊胆战，筋疲力尽。大人还满脸嫌弃："下次，打死我，也不敢带你出门了。"而孩子本是兴冲冲来，结果却一把鼻涕一把泪地结束。

　　不仅超市、商场出现这类情况，凡有小孩的游乐场、餐厅等公共场所，这种两代人的争斗也会不时出现，尤其三至七八岁小孩居多。当然，强势的大人赢的机会多一点。碰到蛮横不讲理的小孩，有的大人就无计可施。大庭广众之下，又打又骂也不奏效，路人侧目以视，实在大跌颜面，只好以孩子要挟告胜。十个大人九个都会得出一个结论：带小孩，真累！

　　是的，这样带小孩，大呼小叫、连哄带骗，甚至动用武力是要花费精力的。很多大人倚仗父母决策权的优势，忽视孩子的自尊心、选择权、决定权，久而久之，孩子就会形成一些扭曲的不健康的性格。没有智慧的家教，不讲规矩的家庭关系，就会失去平衡性，没有和睦、融洽可言。

　　记得我第一次带两岁多的儿子去超市，他是多么高兴呀，跟跟跄跄地拖着个购物篮，穿梭在货架间。一会儿工夫，篮子里就装满了他心爱的酸奶、QQ糖、果冻、雪饼，还有变形机器人、赛车，满满的一篮东西都要溢出来了。小人儿很有成就感地望着我："买！买！"我看了哈哈大笑："儿子，干脆我们也来开个超市吧。"

　　我蹲下身子，说："儿子，东西太多了。妈妈钱带得不够多，你好好挑一样，你最喜欢的，我们买下来。其余的下次再来买。"儿子嘟起嘴："都买！都要！"我摇摇头："你再好好挑一挑，挑最喜欢的，其他留着下次再来买。不管你挑中什么，妈妈都给你买。"儿子蹙起眉，深思了一会儿，犹犹豫豫地拣出变形机器人，然后恋恋不舍地对篮子里的东西喃喃自语："好吧，下次我再来买你们。"

　　超市东西琳琅满目，连意志力薄弱的大人都无法抵制诱惑，更何况不谙世事的小孩。但购物消费何处是尽头，你只能买你所欠缺的，所需要的。尤其生活日用品，更要养成按需购买的原则，缺了再添置。父母在消费这方面对孩子的引导作用非常重要，否则东西就会泛滥成灾，而且随性消费隐患很多，造成孩子贪婪、无计划、浪费、不惜物、入不敷出的恶习。

第二次再去超市，儿子同样又挑了好多，我同样告诉他："只挑一样，你最喜欢的。"他千难万难地选出一样。这时再贵你也要埋单。当然中途我会做顾问，以大人的经验来帮助他选择，视物品的使用紧急、多寡、先后顺序，分次购买。慢慢地，儿子去超市购物目标明确，有时碰到喜欢的东西，不可兼得，就交代我："下次再买。"其实下次再来，说不定他就忘了，或者又转移目标了。

等到上小学，他会带着购物清单上超市购物。理智购置需要的物品，这个良好的习惯一直陪伴他初中、高中寄宿生活，直至大学。他从小在不断的选择中做出决定，并懂得量力而行，也是一个成长、历练的过程。当然这个过程，偶尔会失手，买错、买贵，但在不断实践和犯错中，他会慢慢懂得理性消费。

大三寒假回来，我看他脚上穿的鞋很陌生："儿子，换新鞋啦，几百？"儿子轻描淡写："一千二百多。"

哦——我定住：每月生活费给他一千五，当然他开微店、到星巴克咖啡馆兼职，自己有收入，有能力选择较好的消费，但鞋子未免贵了点。儿子解释："品牌鞋子脚感好，舒服，而且耐穿，性价比高。"

想想也对，你看他身上的T恤也就四五十元，裤子一百来元，都是普通牌子。他也不是一味追求名牌，平时消费讲究经济适用。放假回到家，还会穿那件初中就买的佐丹奴T恤，白的有点发黄，还舍不得换。

大三，他为了在星巴克咖啡馆上班方便，在师院旁边自己租了个公寓，上课、上班、健身、休闲等安排得你无从挑剔。其间换苹果手机、换平板电脑、自助旅游，自己搞定，我给他的生活费，就存到余额宝生利息。每月消费出入账记得比当妈的还清楚。

当一个孩子懂得通过劳动价值来换取有品质的生活，让自己过得舒心、舒适，应该算是真正意义上的独立。

父母爱孩子，应该懂得早早放手，给孩子创造更多的锻炼的机会，即使中途他跌倒、犯错，也以平常心对待，这样才能成就孩子幸福的未来。

话外有话

放手，放手，说似简单，但却不易。放的人，不易；被放的，也不易。放与被放之间，是满满的忧虑和辛苦，是一种永远都放不下的爱。学会放手需要一种勇气和智慧。

陪儿子
上医院

　　陪儿子上医院，表面上看是以一个母亲的身份带孩子看病，其实不然。

　　那天傍晚，接到儿子电话："妈，下午我去医院做 CT 检查，可我觉得那个医生不靠谱，竟然说看不出什么，让我明早再来做血检。"

　　我听了，心顿时提到嗓子眼儿："儿子，什么症状？"

　　儿子口气依然平稳："妈，别着急。是这样的，我感冒一个来月，取药吃，好了又重感。最近这周天气变冷，咳嗽厉害，发现左边脖子肿了一大块，不痛不痒也不移动。我是认为扁桃体发炎引起，医生竟然说看不出什么。"

　　"哦，那明天做完血检再看看，我来联系医生。"

　　儿子的淡定，倒让我慌得乱了手脚。淋巴结出问题可不是小事。

　　第二天中午，儿子打来电话，没精打采地说："妈，血检报告出来了，医生还说看不出什么。"透过声音，我感觉到儿子的焦躁、无助。儿子口中的医生是福建医科大学附属第二医院泉州东海分院的。

　　我也急了，马上吩咐："这样吧，你把报告单的照片微信发给我，我网上预约个厦门第一医院的医生，让他帮我们查查。"

说真的，我的心是惶惶然的。上网查，铺天盖地的信息，更让我毫无头绪、心惊胆战。

就这样，第三天早上，我们分头出发，我从角美，他从泉州，在第一医院门诊大厅会合。

远远的，儿子背着背包、戴着帽子匆匆忙忙地走进来。高高壮壮的，结实的身板、健硕的肌肉让我一时忘记忧惧。我站在他身边跟他说话，还得仰起头。是的，他真真切切地长大了。

接下来，等待医生叫号，向医生问诊。老医生详细地看我们带去的化验单、报告单，说了一句："应该没大碍。我先给你开些药吃吃看，再开个穿刺化验单，你检查完再取报告单过来。"听到穿刺，我的头瞬间大了，忐忑不安。但我安慰儿子："没事，医生让我们做检查也是安全起见。"

没想到找到小手术室时，人家已经下班。抬手看表，十二点半，难怪。急急忙忙去吃个饭，赶在两点回来等候。好不容易医生上班，递上申请单，糟啦，又得下周再来，原来医院把穿刺统一安排在周一，然后一周后取报告。看来，生病要慢慢来，急不得。

整个过程，儿子表现相当淡然。问诊要等叫号，取药要等叫号，报告单要隔周才出，整个过程相当磨人，但儿子从没恼怒、抱怨过。其实我们都非常担心。扁桃体发炎，淋巴结肿大，却不痛不痒，足以让人坐立不安。而他却平静如常。可能他想安抚我，不想给我更大的恐慌。

真正感受到他的焦虑，是在第三周淋巴结穿刺报告单出来。医生确诊："扁桃体发炎，引发淋巴结肿大。再开些药回去吃，没问题。注意以后尽量不熬夜，不上火，保持作息正常。"

跨出医院门诊大厅，儿子欢快地抖了抖背包，笑眯眯地对我说："老妈，今天我请你吃点好的！""为什么？""没事啦！医生说我没事啦！不用担心啦！"儿子澄澈的眼睛望着我。突如其来的病症像一块石头压在他心头，肯定非常难熬，肯定忐忑不安的，如今石头落了地。

"好，你请客！"

"那当然！"

我们步行到中华城五楼。

"妈，'宴遇'这家餐厅全中国就厦门一家，不开分店的。比我们上周去的'外婆家的菜'还精致，但价格贵些。"我能感受到儿子内心的轻松愉悦。

儿子老练地介绍、点菜："上次汤太多了，吃不完有点浪费。这次我没点汤，叫了冰糖雪梨和青桔火龙果。"

菜式非常精致，品相漂亮，两人刚好吃完。

结束，儿子叫来服务生刷卡埋单。整个过程我完全是个享受者，附和叫好之外，就是专注美食的品尝。

吃完下楼踱了两圈消食，忽然儿子说："老妈，我帮你叫了顺风车，才四十元。司机刚下班，离我们不远，我们走过去，刚好消化一下。"哦，好快的手脚，安排挺紧密。因为下午我还要回去上班，他惦记着呢。

"那我给你发红包。来厦门几次都让你请吃饭，又付车费的。"

"那你不是付了药费吗？"

啊，母子俩人竟然在路上算起账来。

当然最后红包原封不动退了回来。

陪儿子看病，前后历时三周，终于告一段落。一颗浮浮沉沉的心也渐渐安定下来。同时，也让我见识了他的真正成长。

话外有话

　　孩子的健康，是父母最大的喜悦。健康分为身心，只有二者都健康了，父母"一颗浮浮沉沉的心"才能安定。身体健康，当然放心。心灵健康，才算真正的长大，父母才能真的开心。

第三辑

生活，
是最好的财富

老校长

老校长张友声是我教学生涯的启蒙老师。

1990 年 8 月底，我和春菊骑车一起寻路而去，好不容易找到坐落于半山腰的金山小学。老校长热情地接待了我们，让我些许的安慰：领导面善，好相处。因为经历了毕业分配过程中一系列磕碰的事，来到这所小学确实万般不愿。

我和春菊刚好分到四年级，一个语文，一个数学。两人私底下合谋：把课挪一块，腾出时间回家玩，于是五花八门的请假理由应运而生，今天我请假，明天她请假。老校长从不生出嫌疑，军人退伍的他总是大手一挥："去吧！去吧！"我虽然分到这偏僻农村学校满心怨言，但碰到这么通情达理的领导确实幸运。期末两人紧锣密鼓突击复习，竟然取得不赖的成绩。老校长在校会上狠狠表扬了我们，甚至夸我们给金山小学带来了活力。两人心生惭愧，渐渐收敛玩性，安心教学。

几个单身女孩吃饭无着落，老校长就安排了一个教师家属为我们煮饭，我们每人每月象征性交个二十元。他还给每间宿舍添置电视机、收音机。所以虽然身处偏僻乡村，倒不觉得单调寂寞。我和春菊重拾书本，参加自学考试，为了让我们顺利考试，老校长一路开绿灯，允许我们请假复习考试。他的鼎力支持，让我们信心百倍，结果我考完了大专，又继续读了本科。

隔年，老校长给我戴了顶"帽子"——校辅导员。我也安下心来开始脚踏实地做事教书。第三年，老教导退休，没想到老校长向学区力荐，让我接替教务这块工作。我像一个刚刚学习走路的孩子，在他的牵扶下，跌跌撞撞地学着做人，学着做事，学着做老师。

印象最深的是有一回，我不知被什么事惹急了，满腹委屈，竟然一扫平时淑女形象，对着老校长河东狮吼，唾沫横飞，还一把鼻涕一把泪的。老校长张着嘴手足无措，任由我撒泼，只一味地劝慰："年轻人，别生气，别生气，消消火。"我据理力争，把满腹自以为是的怨气宣泄得差不多了，就甩头扬长而去，简直一个愤青形象。隔天，上班碰到老校长，羞愧不已，本想闪躲避之，没想到他却一副弥勒佛笑脸："呵呵，来啦！"全然若无其事，又让我愧疚了很久。

有一天，老校长去区里开会，给我带回了一本"龙海市优秀教师"的荣誉证书，我惊诧不已。待在农村小学，刚工作没几年，就获得此荣誉，甚心虚。老校长理直气壮地说："这次评选我极力争取，年轻人扎根农村，吃苦受累不容易，而且你成绩特别突出，给学校出了大力气，非给你鼓励鼓励不可！"我更感动了。从此安心教育教学工作。

老校长慈父般的胸怀，使我保留着对教育工作的兴趣和热情。尽管后来工作中曾经发生过许多不尽人意的事情，但我至今仍然坚持在教育教学第一线，以一颗淳朴真诚的心带出一茬又一茬的学生，这些都要感谢张校长，他的宽厚、慈爱、无私深深影响了我。

话外有话

　　千里马常有，而伯乐不常有。伯乐有，慈父般的伯乐则少之又少。

还给孩子
一个"巴学园"

　　第一次读《窗边的小豆豆》一书，是和三年级的儿子一起阅读的。当时儿子把它当成有趣的故事来看，而我则作为家教范本阅读。读过之后，收获很大。如今再读，依然觉得魅力十足，真正体会到这本书的精髓：几乎人人都有异想天开的童年时光，这种异想天开是何等的奇妙和伟大，但在现实的教育世界里，这种顽皮和淘气却一直是我们的教育想要"纠正"的问题。

　　作为教师，我们自己似乎也忘记了，成长的过程是个循序渐进的微妙过程，孩子在成长过程中所有可贵的天真特质，我们都忽略了，甚至把它漫不经心地遗失和随意处置。这个年龄阶段特有的"调皮"与"不听话"，使我们家长和老师们似乎丧失耐心，急于让他们成人化、社会化，太希望他们能像自己所期望的那样，具备成人的行为方式。

　　其实，作为教师，我深深地体会到，高高在上的说教不能形成优秀的品质，学生的体验才是达到教育目的的真正灵丹妙药，而这背后需要的是教师能够切实从学生的角度去考虑问题，去"同感""同受"。恰到好处的教育方式是何等的重要。

　　阅读《窗边的小豆豆》这部作品时，我边读边想，如果我们的学校教育，都能如巴学园这样，那我们的教育，该是一种什么样的情景呢？由此我又想到，我们该做出哪些努力，才能让我们的学校成为孩子们健康成长的"巴学园"呢？

我首先想到，要把我们的学校建成巴学园般的乐土，必须要有一个宽松的外部教育大环境。巴学园所以能够存在，其中关键一点在于社会的认可与接纳。这种认可，是建立在教育的多元发展的前提下的。

巴学园中的孩子，凭着各自天性自由自在地学习着发展着，没有升学的恐惧，没有没完没了的作业，没有扼杀学习兴趣的体罚训斥；巴学园中的校长，不必考虑外来的指标，不必担忧学校的等级划分，不必应付上一级无休无止、名目繁多的检查考核、比赛升级。一切都是那么自然，自然得只剩下了单纯的教育内在规则，只剩下了孩子的快乐和幸福。这个独立于整个国家的教育体制之外的世外桃源，没有因为自身的"离经叛道"，而遭受家长、社会无端的责备；同样也没有人，用某种既定的框架去约束它的发展。社会的宽容，无疑是巴学园生成并延续的动力基础。

其次想到，要让我们的学校成为巴学园般的乐土，必须要有无数个小林宗作样的校长和教师。爱学生是教师的天职，但爱又有大爱与小爱的差别。立足于孩子的未来成长，立足于孩子的身心健康的爱，无疑是一种教师的大爱。在这种大爱中，教师和校长必须能够舍弃掉许多自身的利益。

如小林校长，巴学园创建全部出自他的个人财产，但学校存在时间极为短暂，1937年创立，1945年在东京大空袭中被烧毁。小林校长对巴学园寄托着他所有的梦想和爱心，如果没有战争，可能有更多的孩子受益。小林校长坚信："无论哪个孩子，当他出世时，都具有优良的品质。我们要早早发现这些优良的品质，并让他发扬光大，把孩子们培养成富有个性的人。"为了实现他的理想，他舍得花四个小时，去听一个六岁孩子的絮絮叨叨；容忍得下孩子把粪坑中的污垢捣鼓得遍地都是，只说一句"弄完以后，要把这些全部放回去"；敢于让孩子深夜中到大庙中去捉"鬼"；敢于把活动当成学习的第一要务，而功课仅仅当成学习的一个组成部分。从功利的角度想一想，巴学园中就那么五六十个孩子，小林宗作若是个一心想着捞钱的校长，是个把教育当作获取暴利的商人，而不是拥有着大爱情怀的教育家，他又如何能让巴学园成为孩子的乐土呢？

最后想到，必须要有小豆豆妈妈那样的无数个了不起的家长。或许是"二战"特定环境的影响，小豆豆的妈妈在女儿的教育问题上，似乎从来没有把孩子的成绩好坏当成什么惊天动地的大事情，似乎没有认为成绩不好孩子就没有前途。这个平凡而了不起的母亲，勇敢地把女儿放置到一种全新的教育环境中的原因，只为了这个学校能够"理解这孩子的性格，又能教育她和小朋友们一道学习下去"。

当小豆豆告诉妈妈，晚上要到学校露营，半夜里起来看用作教室的废旧电车如何被弄到学校中时，了不起的妈妈首先想到的，不是安全问题，不是耽误学习，而是"小豆豆从来没有机会看到这种情景，还是让她看看为好"；当学校组织学生晚上到九品佛寺院里进行"试胆量"游戏，让孩子们去捉"鬼"时，妈妈对这样的教育，也是没有任何质疑，仅仅是叮嘱小豆豆别把手电筒丢了；暑假温泉旅行，即使吃惊也非常赞成。这个母亲，对于巴学园中组织的一切活动，无论是理解还是不理解，都给予绝对的信任和支持，从不对学校教育表示怀疑，更不会指手画脚、不懂装懂地横加干涉。这种对小林宗作校长的教育理念百分百的信任和支持，成就了巴学园的乐土。

　　然而，也许是因为时代不同，或者是由于国别差异，再或者是因为各样综合因素的共同作用，我们当下的教育，已经无法寻找到巴学园中的和谐与美好。

　　从外部环境看，一方面是全社会关注教育，另一方面又是全社会都给教育施加不该施加的压力。从学校环境看，把岗位当作官位来经营的校长数不胜数，把教学当作换取工资的教师不胜枚举。从家庭教育环境看，对子女的过分呵护和对学校的过分苛求，已成为家庭教育中危害巨大的顽疾。面对四面楚歌，真正关心教育热爱教育的人们，该付出一种什么样的艰辛，才能够从这无边的重压下挣脱出来，然后挺直了腰杆，用自己的肩膀，为当下中国的"小豆豆"们扛起一片纯净的教育天空呢？

　　我真心希望每一个关心教育发展的人，都来认真读一读这本《窗边的小豆豆》，把所有被岁月玷污的心，用小林宗作校长和小豆豆们的纯净进行漂洗，还给孩子们一个美好的"巴学园"。

话外有话

巴学园无疑是一座教育的伊甸园。只要我们每个人心存梦想，怀揣大爱，一定能够打造出一座崭新的巴学园。

世上莎莉文
不常有

　　如果你读过海伦·凯勒（Helen Keller），美国盲聋哑女作家、教育家的《假如给我三天光明》这本书，肯定认识安妮·莎莉文小姐。她毕生献身于帮助海伦脱离枷锁，追寻心性的独立、自由与返璞归真，她培育了 20 世纪不朽的传奇人物——海伦·凯勒。

　　海伦·凯勒在"第一天"写道："第一天，我要看人，他们的善良、温厚与友谊使我的生活值得一过。首先，我希望长久地凝视我亲爱的老师，安妮·莎莉文·梅西太太的面庞。当我还是个孩子的时候，她就来到了我面前，为我打开了外面的世界。我将不仅要看到她面庞的轮廓，以便我能够将它珍藏在我的记忆中，而且还要研究她的容貌，发现她出自同情心的温柔和耐心的生动迹象，她正是以此来完成教育我的艰巨任务的。我希望从她的眼睛里看到能使她在困难面前站得稳的坚强性格，并且看到她那经常向我流露的、对于全人类的同情。"海伦·凯勒在如此有限而宝贵的时间里，把光明的第一天献给她的莎莉文老师，并满怀深深的感恩，可见莎莉文老师对她的人生影响至深。

　　一场高烧夺走了海伦·凯勒的视力和听力，年幼的她仅仅享受了十九个月的光明和声音，就成为了盲聋哑人，世界从此陷入黑暗和冷清。

直到六岁零九个月的时候，家庭老师安妮·莎莉文小姐的到来，重新带给她对世界的希望，打开她心灵的眼睛，点燃她生命的烛火。

莎莉文老师一见面就给了海伦一个洋娃娃，在她的手掌上慢慢拼写"doll"这个词。这个举动让海伦瞬间对手指游戏产生兴趣，点燃识字的痴迷与狂热，渐渐地学会拼写"针"(pin)、"杯子"(cup)、"坐"(sit)、"站"(stand)、"行"(walk)这些词。为了认识"水"这个词，莎莉文把海伦带到井房，把她的一只手放在喷水口下，让清凉的水从指间流过，同时在另一只手上拼写"water"，让海伦体验"水"这种奇妙的东西。同一天，海伦还学会了"父亲"(father)、"母亲"(mother)、"妹妹"(sister)、"老师"(teacher)等。就在那一天，文字使整个世界在海伦面前变得花团锦簇，美不胜收。

学习阅读，莎莉文老师采用拼卡游戏，制作一些硬纸片，上面有凸起的字母，让海伦用硬纸片拼读排列短句。海伦喜欢把硬纸片放在有关的物体上，用实物把句子摆列出来，这样既用词造了一个句子，又用与之相关的物体表现了句子的内容。这种游戏海伦特别喜欢，和老师玩起来有时就是几小时，房间里的物品都被摆成了语句。莎莉文还利用"启蒙读本"让海伦像捉迷藏一样寻找那些已经认识的字，一旦找到，海伦会特别兴奋，特别有成就感。就这样，在莎莉文老师的帮助下，海伦慢慢地进入了阅读世界。

学习地理，莎莉文老师用黏土做立体的地图，海伦可以用手摸到凸起的山脊、凹陷的山谷和蜿蜒曲折的河流，但却分不清赤道和两极。莎莉文小姐为了更形象地描述地球，用一根根线代表经纬线，用一根树枝代表贯穿南北极的地轴，一切都那么逼真，以至只要有人提起气温带，海伦脑子里就会浮现出许多一连串编织而成的圆圈。莎莉文老师有一种奇妙的描述事物的才能，可以把枯燥无味的科学知识，生动逼真地解释出来，使海伦自然而然地记住了她讲的内容。

海伦不喜欢算术，一开始便对数字不感兴趣。莎莉文老师用线串上珠子来教她数数儿，通过摆弄草棍来学加减法。

动物学和植物学，莎莉文老师也是用这种游戏的方式教海伦学习的。

即使没有正规课程，上课像做游戏，但无论教什么，莎莉文总用一些美丽的故事和动人的诗篇来加以说明。如果发现海伦有兴趣，也会像孩子一样和海伦讨论。

从一开始，莎莉文老师就像对待其他听觉正常的孩子那样和海伦对话，唯一不同的是，她把一句句话拼写在海伦的手上，而不是用嘴说，如果海伦无法明白理解沟通，她就及时在旁提醒。这种学习过程延续了许多年。一个既聋又盲且哑的孩子要掌握最简单的日常生活用语，而且要准确灵活运用，其难度可想而知，莎莉文老师用种种办法弥补了这种缺陷，她尽最大可能反反复复地、一字一句地重复。她用不可思议的爱心和耐心，逐渐把海伦带入一个全新的世界。

莎莉文老师从不放过任何一次机会，每时每刻都在动脑筋、想办法，让海伦尽量体会世间一切事物的美。她让海伦无忧无虑地生活在爱的喜悦和惊奇之中，让生命中的一切都充满了爱意。她认识到孩子的心灵就像溪水沿着河床子百转千回，一会儿映出花朵，一会儿映出灌木，一会儿映出朵朵轻云，佳境不绝。她用尽心思给海伦引路，因为她明白，孩子的心灵和小溪一样，还需要山涧泉水来补充，汇合成长江大河，在那平静如镜的河面上映出连绵起伏的山峰，映出灿烂耀眼的树影和蓝天，映出花朵的美丽面庞。

　　当海伦 12 岁的时候，她宣布要上哈佛大学。多半人都深表怀疑，只有莎莉文老师毫不犹疑地支持她的挑战。海伦进入哈佛大学德克利夫学院。莎莉文和她形影不离，陪她上课，用手语给她翻译教授的讲课。四年以后，她与其他九十六个女孩一同站在毕业生的行列中，接受大学毕业文凭，向全世界宣称：“海伦·凯勒从举世闻名的德克利夫学院光荣毕业了。”她也是全世界受过最完整教育的盲聋者。

　　世间海伦常有，大抵终生与痛苦为伍，流落尘间，埋没人世，但莎莉文不常有，伟大无私的良师非常少见，卓越超群的教育更是凤毛麟角。莎莉文老师自己的视力从小就很差，当她担任海伦的家庭教师时，也只能看到些许光线而已。一个不太健康的弱女子只身远离她的朋友，来到亚拉巴马州的一个小村落，这种勇气不能不说是受了冥冥中某种力量的支配。她为了海伦不辞辛劳，以她微弱的视力为海伦念了许多书，且成为海伦与这个世界最初也是最主要的桥梁。海伦与她非亲非故，她为海伦所做的一切，岂仅是因为“喜欢”这个词可以解释的。

　　每个老师都能把孩子领进教室，但并不是每个老师都能使孩子学到真正的东西。静观自身，虽为教师，但与莎莉文老师简直不能比肩齐语。撇开她独树一帜的教学技艺，独具匠心的教学方法，单单那颗浩瀚无私的爱心与耐心，顽强与坚持，奉献与牺牲，我就无颜以对、羞愧万分。

　　二十几年来，扪心自问，我的教育教学或多或少带有功利心，短时间内急于让孩子出成绩，期末考试希望能在中心排个第几名；指导孩子参加各种各样的比赛，指望拿个几等奖。我也知道“心急吃不了热豆腐”，但因为种种原因，带一个孩子和班级，从来没有足够的时间给你反复试验，反复耕耘，而是应季性地一年、两年地带。只要能让孩子们在原有基础上稍有进步或提高，你的功德就非常大了。记忆里，我带了十几届毕业班，短则一年，有时两年或三年，最长的一次带了六年，那个班从一年级跟到六年级，那一届孩子都非常出色，我自己也进步很大。

任何人都没有莎莉文老师的执着和虔诚，整整五十年，一辈子只带海伦一个学生，一生只关注海伦一个人，把一个既聋又盲且哑的孩子，培养成作家、教育家、演说家、慈善家、社会活动家。她成就了海伦一生的辉煌，同时也谱写了自己的人身价值。两人彼此的成就，共同创造了世界奇迹。

毋庸置疑，莎莉文老师是中外教育史上的一朵奇葩！

话外有话

"世间海伦常有，大抵终生与痛苦为伍，流落尘间，埋没人世，但莎莉文不常有，伟大无私的良师非常少见，卓越超群的教育更是凤毛麟角。"正因如此，良师才显可贵。师生互爱，是每个教育工作者的理想。只要心中有爱，昏暗的世界也会一片光明。

给孩子
读诗

第一次给孩子们读诗，确实有点艰难。

老教师听了摇摇头，一年级小孩子才上两个多月，课本上的文字读不来，还读什么诗？我打算挑战挑战，最不济权当催眠曲吧。

选了又选，选了又选，挑了澳大利亚作家海伦·欧戴尔的《爱》，插画由同国籍的尼古拉·欧伯恩完成。看中这本书有我的理由："爱"，原本就是一个宽泛的主题，它是人类一种美妙的情感，中国、外国，大人、小孩，男的、女的，都能感受到这种细腻真挚的情感。当然，不同国籍，不同年龄，不同性别，爱的表达方式不尽相同，每个人对爱的理解，也会随着各自的性格特征、生活经历和情感的差异有所不同。

《爱》这本如诗一般美好的绘本，有着诗一般的语言，诗一般的情怀，诗一般的温暖。书的主角是大熊和小熊，大熊牵着小熊的手一路款款走来，在树上玩耍，在草地打滚，在温暖的阳光中嬉戏；静谧的夜晚，大熊给小熊讲故事、做蛋糕、洗澡、陪它进入甜甜的梦乡。每一句诗，背后都有一个温暖的瞬间，当所有的瞬间串联起来，全是浓浓的爱的味道。

爱这种微小而珍贵的情感，扎根于每一位父母的心间，也在孩子小小的心灵里生根发芽。它总是透过生活中的点点滴滴在传递，似乎看不见，却又让人感知其中的真谛。白朗宁说："我是幸福的，因为我爱，因为我有爱。"拥有别人的爱抚，同时具备关爱别人的能力，这样的人幸福感特别丰厚。

因此，选择这本绘本，对一年级小朋友应该是有收益的。

读诗的时间到了，当我举起书，向小朋友宣布："这节课，我们一起来读诗！"孩子们马上欢呼起来："读诗啦！读诗啦！"他们永远这么好奇，这么富有激情，不知疲倦。从睁开眼睛接纳清晨的第一缕阳光开始，他们对这个未知而浩瀚的世界就充满探究的无限兴趣和干劲，任何一个有别于以往的事情都能点亮他们眼中的火花。

我做出静止的手势，五十来个小朋友迅即安静下来，目不转睛地盯着大大的电脑屏幕，跟我一句一句地读：

爱，可以像山一样巨大，
也可以像钻石一样微小而珍贵。

爱，可以生长，长得像树一样高，
而根扎得那么深，让它屹立不倒。

爱，有一双翅膀助你飞上云端，
在广袤无垠的蓝天中飞翔。

爱，就在那儿，在一个个微笑、欢笑，
还有开怀大笑中！

爱，能像喇叭声一样巨大，
给你一个突然袭击！

爱，是一本书和一个暖暖的奶杯，
能让雨天变得悠然惬意。

爱，可以像巧克力蛋糕一样香甜，
让我们融合，在烤箱中烘烤。

爱，可以让你尽情地大声歌唱，
你总是让我感到无比自豪！

爱，可以是水花、肥皂和大泡泡。
我将永远爱你的一次次拥抱！

爱，是坚强和真诚，就像你给
小瞌睡虫一个大大的熊抱。

爱，辽阔而宽广，像海一样深，
即使你睡着了，
它也在你身旁。

爱，是所有这一切，千真万确。

还有我是多么多么地爱你！

我带读到第三遍，孩子们读着读着，有的情不自禁站起身，有的不由自主离开座位走到过道，随着诗歌的内容比画动作，或屈身弯腰，或左摇右摆，幅度非常大，读得非常入神。我没有解说也没有分析，只是一页一页地翻着书页，只是一句一句地读，一遍一遍地读。

差不多读到第五遍的时候，有个小朋友忍不住大声说："老师，我好感动啊！"这次我没有像给高年级同学上课那样，请他说说感动的理由，而是呼应他："是啊，我也好感动！让我们带着感动的心再读一遍吧！"

孩子们都站了起来，随着书页的翻动，一句一句地读，读得那么投入、那么专注、那么动情。不知怎的，我的眼角竟然有点潮湿，因为我想起了离开我十几年的母亲，曾经点点滴滴的关爱，曾经深入骨髓的亲情，瞬间密密麻麻侵占了我的心。

我想，孩子肯定也或多或少想起了生活中妈妈、爸爸对自己细细碎碎的爱，"即使睡着了，也在身旁"的爱。爱，除了给孩子生命、成长，还给孩子内心安全感，让孩子的心有了一个避风的港湾。孩子能够感动，说明他读懂了，感受到了，领悟到了。

我们共读诗歌的目的达到了。

读诗结束，我布置一个实践作业：回去之后，自由画一幅"爱"的图。

第二周，孩子们交上作业，图画内容丰富得让你吃惊——有的画妈妈牵着他的手、爸爸抱着他；有的画妈妈为她穿衣服、端牛奶、围围巾、载她上学；有的画一家人吃饭、看书、去公园、去海边、去爬山……有几张让我眼睛亮起来：一幅"我爱祖国"，和平鸽衔着橄榄枝飞在天

安门广场；一幅"我给妈妈洗脚"，孩子蹲着给妈妈洗脚；一幅"妈妈，请喝茶"，孩子端茶给妈妈喝；一幅画了一辆"爱心捐赠车"，一车满满的东西；一幅老师给同学上课，"老师，I LOVE YOU"；一幅下雨了，一个大姐姐撑着彩虹伞给一位老爷爷挡雨；一幅一只鸟妈妈衔着虫子喂窝里嗷嗷待哺的雏鸟……

　　孩子们的视线，从身边父母、家人的爱，扩延到老师、陌生人、动物的爱，以及关乎世界的和平。一首诗歌的阅读，让每个孩子感受到爱的细节和温暖，触摸到爱的宽广与辽阔，我发现我的诗歌绘本阅读是有收获的、有意义的。"所有能使孩子得到美的享受、美的快乐和美的满足的东西，都具有一种奇特的教育力量。"苏霍姆林斯基如是说。是的，有时深入其中的体验比枯燥的说教更有力量。

话外有话

　　孩子是天生的诗人、画家。我们要善于发现他们，引导他们，去与美相伴。所有美的东西，都有一种神奇的教育力量。

我们都有
一棵"家族树"

　　每一个人都会思考："我从哪里来，要到哪里去？"了解自己的家庭、家族史，对孩子自身的成长相当重要。"家家都有自己的故事"，不同的家庭，不同的经历，最终形成不同的观念。家庭在发展的同时也在传承，父亲的伟岸勇敢、母亲的温柔勤劳，对孩子会造成深刻的影响，家庭教育与家教氛围会影响孩子的成长状况。

　　家族树，就是根据血缘关系，按照辈分排序把人联系起来，构成树的模型。在树中的成员可以清楚地知道自己的家族起源、家族关系，以及其他成员的基本信息。它的建构切合中国人的家庭观念和对自身姓氏认同的需要。在家族树里，孩子通过家族树较完整地了解父亲、母亲的过去，起到沟通、传承作用。

　　记得儿子出世不久，每逢亲戚朋友探访，母亲总会抱着儿子指着对方教："姨。叫姨。"或者"叔。""伯。"或者"婆。""公。"……即使儿子听不懂，不会称谓，她老人家还是不厌其烦地教了又教。等到儿子开口学说话，见到年轻的女士就叫"姨"，男士叫"叔"；年老的女士统称"婆"，男士则称"公"。

　　但到儿子上学之际，真正从血缘上来梳理自己家族的辈分关系，开

始变得有点困难了。因为那时母亲已经去世，婆婆在我还没过门就离世，没有人能帮助他建立这种认知，我自己也勉为其难，理论上非常清晰，实际上却往往无法准确指认。我的模糊认知源于父亲早逝，母亲忙于生计，平时疏于带孩子走亲访友，亲戚关系比较疏离。这时我才觉得家族树的建立，对一个孩子成长的重要性。

现在刚好我带一年级，有必要让一年级小朋友认识"家族树"。但让他们完成"家族树"的建构，非常困难，因此，这次实践作业需要大人陪同完成。

刚开始，家长们对"家族树"的认知概念非常模糊，交上来的作业根本不符合要求。他们在一棵巨大的翠绿的树上，挂上"爷爷""奶奶""爸爸""妈妈""叔叔""阿姨"等词条苹果，无序排列，没有辈分之分，没有渊源沿袭先后关系。可能父母们也搞不明白"家族树"的构成。

于是，我画了张示范图，发到班级微信群，很多家长才恍然大悟，着手和孩子一起画属于自己家的"家族树"，因为每个家庭的成员组合不尽相同，有的是独生子，他就没有哥哥、姐姐、弟弟、妹妹的成员。还有父辈这边的伯伯、叔叔、姑姑，旗下同龄的堂兄堂弟堂姐堂妹，母辈这边的舅舅、姨妈，表哥表姐表弟表妹。每个孩子的家庭都不尽相同，必须根据自己家的成员组合，完成家族树的构建。

家长和孩子共同完成"家族树"的构建，中途可以穿插讲述此成员的逸事趣事，比如"爷爷曾经勇敢地赶跑小偷。""姑姑以前很爱哭鼻子。""你哥哥十一个月就会走路。"等等；或者此成员曾与孩子彼此的交集，"你刚出生，是姨妈抱着你睡觉的，那时妈妈躺在床上动弹不得。""外婆每次知道你要来，总是炖土鸡给你吃。""舅舅最疼你啦，你让他给你骑竹马，他就给你骑竹马。""小时候你总是和堂哥抢糖果吃，抢不过就哭。"等等，以此加深成员印象。

我制作了一张庞大的、丰富的家族树，给孩子们做示范。

祖父、祖母、外祖父、外祖母

爷爷、奶奶、外公、外婆

（伯伯、伯母）爸爸（叔叔婶婶、姑姑、姑丈）妈妈（舅舅、舅妈、姨妈、姨夫）

堂哥、堂姐、堂弟、堂妹、表哥、表姐、表弟、表妹

（哥哥、姐姐）我（弟弟、妹妹）

后来，在父母的帮助下，孩子们交上来的"家族树"才比较清晰地展现了家庭成员组合。

孩子"家族树"的建构，让我了解到个别孩子的家庭状况。让我意外的是班里竟然有一个孩子的母亲去世了，怪不得他的表现比其他孩子显得幼稚，还停留在幼儿阶段，多语好动，专注力不够，学习水平低下，从此我对这个孩子无形当中给予了更多的关注和帮助。

交流会上，孩子开始兴致盎然地谈论自己与家族成员的奇闻逸事，对家族成员的称谓也比较明确，直接说"我姑姑"，而不是"我爸爸的姐姐"；"我表哥"，而不是"我妈妈的妹妹的儿子"。

孩子们七嘴八舌——"小时候我生病不肯睡觉，外婆夜夜抱着我走来走去。""有一次我脑袋磕破了皮流血了，我还没哭，堂姐自己却哇哇大哭，她怕伯母责怪她。""爸爸妈妈回老家，我寄宿在舅妈家，舅妈每天早上给我煮一个鸡蛋。""祖母喜欢我陪她晒太阳，笑起来张开嘴牙齿都没了"……孩子们的谈论增加对家族成员的认知，具体的人际交集情况增强了家族成员的感情，同时孩子也懂得珍惜彼此之间的缘分。

当然其中也有不愉快的事——"有次叔叔丢了一百元，一直认定是

我拿的，结果我被爸爸揍了一顿。""有一次阿姨用电动车载我上街，骑得太快，磕到一块石头，竟然把我甩了出去，她骑出去老远才发现我摔了。""堂妹老是黏着我写作业，害得每次我都写不好字。""舅舅很凶，疼哥哥不疼我。"……

听着那些童言稚语，你会忍俊不禁。

一次小小的实践活动，可能在孩子的心田上播下种子，继而发芽长叶，或许将来，孩子会给他（她）的孩子继续画"家族树"，让这棵树根脉传系，代际传承。

如果再种一棵"学校树"或者"教育树"，会不会更有意思？让孩子们继续发芽、长叶、开花、结果，看看老师、同学、自己是什么样的？教育这块肥沃的土地，孕育繁衍着各种震撼人心的生命。

话外有话

故事人生

我上课很喜欢讲故事。

有时课上着上着，就插进一个相关的故事，讲着讲着，"丁零零"下课铃响了，孩子们总是懊丧地说："怎么那么快就下课啦？"哈，讲故事比上课精彩，孩子们都喜欢。

有天又跟孩子们讲述了一个故事：

从前有个国王，打猎的时候与随从走散了。他在山林里迷路了，绕了三天三夜，筋疲力尽的时候来到了一个村庄。

村庄里有两兄弟——拉穆和夏穆，他们正在耕田，看到这个衣衫褴褛、狼狈不堪的"流浪汉"，马上收留了他，招待吃住，十分热情周到。国王吃饱喝足，梳洗打扮，换上干净的衣服，休息好了，感激地对两兄弟说："我是这个国家的国王，谢谢你们的招待。为了表达我的感激，我答应你们提出的任何一项请求，请不要客气，尽量提出来。"

两兄弟看着真诚的国王，哥哥拉穆说："我是个佃农，没有自己的土地，请国王赐给我八亩地，让我可以在自己的土地上耕种。"国王慷慨地答应。

弟弟夏穆说："我什么都不要，只要国王每年过新年的时候，能来我家吃一餐饭就可以啦！"国王诧异极了："来你家吃饭？那你能得到什么？"

夏穆说："这是我的心意。你不答应也可以。"当然国王非常爽快地答应了，吃一顿饭太简单了，也不会损失什么。

故事讲到这里，孩子们开始七嘴八舌地议论起来："夏穆好傻，换作是我，我肯定跟国王要很多很多的金子，这样一辈子吃穿不愁。""我要好多好多的仆人，替我种田干活。""我要跟他到城里去，离开农村去过富裕的生活。"……

在孩子们的心里，国王的权限是大得不可想象的，要什么有什么。况且两兄弟有恩于国王，只要不是太离谱的要求，国王一般都会答应的。为什么夏穆这么不开窍，不懂事，放弃唾手可得的机会，放弃咸鱼翻身的机遇？孩子们替夏穆惋惜得不得了。

我接着讲故事：

国王平安回到城里。过了一段时间，新年快到了。国王突然间想起自己的承诺，告诉侍从："我新年的时候要去夏穆的家里吃顿饭。"侍从听了，慌了手脚，赶紧禀告大臣。大臣以种种理由劝说，但国王执意成行。

于是，大臣急忙派人到夏穆家查看。发现农舍非常寒酸，怎么能让国王到这种地方吃饭呢？马上派人动工把夏穆的家改建成一座小宫殿；国王要来村子，村子破破烂烂的不成样子，赶快修整村子；国王是一国之君，怎能让他一路颠簸，旅途劳累，顺理成章地把道路修好。

一时间，夏穆的家，夏穆所在的村子，周围的设施、交通旧貌换新颜，耳目一新。夏穆也忙了起来，田地无暇顾及，因为整天有人登门拜访巴结他，要和他交朋友，要和他套近乎，要和他做生意。方圆几里的人都知道了，国王每逢新年都会来他家里吃饭。这门皇家亲戚给夏穆的生活带来了翻天覆地的改变。而哥哥拉穆，每天还得早出晚归地种田，因为需要种更多的田地，他更忙了，更辛苦了，当然收入也比以前多了许多。

故事结束，还没等我发问，孩子们又叽叽喳喳地讨论起来："夏穆好聪明啊，交到国王这个高贵的朋友，一辈子吃穿不愁。""拉穆太傻了，要八亩地干什么？整天像牛一样干活，还是夏穆有远见。""所以说好人有好报。""吃亏就是占便宜。"……

六年级的孩子已经具有非常明晰的世界观、价值观、人生观，而且现实中的父母、大人们的言传身教，他们耳濡目染，对人情世故也略知一二。

我不接话茬，抛出一个问题：故事中的国王是个信守诺言的人，对拉穆夏穆兑现诺言，万一这个国王回城后忙于政务，日理万机，或者时过境迁，淡忘了乡下这对兄弟呢？忘记了自己的允诺呢？

教室里顿时安静了下来，孩子们顿时陷入了深深的思考。过了一会儿，陆续有孩子起来发表见解："没有诚信的人根本不值得尊重，哪怕他是一国之君。""做人要信守诺言，说到做到，做不到的事千万不要随意许诺。""两兄弟刚开始可能也是充满期待，但时间久了，也会慢慢遗忘，该干嘛还是干嘛，因为他们也没损失什么。但可能以后待人会谨慎一点，或者不轻易相信他人。""即使他们吞不下怨气，跑到京城找国王闹事，但口说无凭，也于事无补，说不定还会惹祸上身。"……

孩子考虑问题周全多了，回答具有思辨的广度和深度，没有先前的随意率性了。不管哪一种答案，都或多或少让孩子个人对人生的解读，对为人处世尺度的把握有一定的见解。这些见解都是有价值的。

最后，我送给孩子一句话："莫问收获，但问耕耘。"

这句话是曾国藩的至理名言，他一生极为推崇，谨遵于心。为学处世，做人谋事，需尽心尽力，至于成功与否，问心无愧。所谓的"谋事在人，成事在天"，讲究的是一种豁达的态度，如果事事都讲求名利，事事都求"有了耕耘，就问收获"，那么这样的人生就会被名利绑架，不仅不能有一番真正作为，而且容易气结郁闷不得志。

只有不断地付出，才可能有长进。很多时候收获就如同树木的生长是看不到的，但长久的积累，小树就能长成参天大树。"一分耕耘，一分收获"，说的就是这个道理。所以孟子有曰："修其天爵，而人爵从之。"修好了天爵，即修养好仁义忠信等个人品德，并乐于行善，孜孜不倦地做下去，那么人爵，即公卿大夫等功名利禄自然会有的。

孩子们听完故事，应该懂得尊重夏穆的选择了，"但行好事，不问前程"。人生有所求，求而得之，我之所喜；求而不得，我亦无忧。得失随缘，以"入世"的态度耕耘，以"出世"的态度收获，这就是随缘人生。

打开故事的课堂，里面有一种更有趣的教育。小故事，大道理。一堂课，一段精彩的人生。

话外有话

上给大人
看的课

上给大人看的课，比给孩子们的还难。除了要完成既定的教学目标，还得展示你的教学风格、你的教学理念。

之前也上过公开课，但这次特别上心。接到中心任务上一节习作示范课，压力很大——一来我个人颜值不高，表演天赋也不够，做不来花哨的事；二来几十号人舟车劳顿赶来听课，太次的课实在对不起他们。

教学设计早早就备好了，但改了又改，总觉得不妥。只要有无数种可能，就有无数种课型。一份课件改了无数遍，不放心，还发 PPT 给上大学的儿子帮忙把关。

然后自己先在本学校找了三年级和四年级的四个班，上了四节课，让本校老师听听课帮忙提意见，提完意见再修改。磨课是个历练人的事情。你脑海里有许多奇思妙想，但一上讲台，课堂实际操作中有时就无法施展。而且每个班班情都不尽相同，有时你在这个班收效超好的环节设置，在另一班却无法开展；有时你一步不落地按预设的教学环节上课，你会非常艰难，而且收效甚微。四个班上完后的效果都不一样。每次上完，都得重新调整或细化教学环节。那几天，我完全沉浸在自己的思路中，如果细究的话，可能白发会冒出不少。

开课的日子如期而至。

我早早到中心多媒体教室准备。

不一会儿，三年级学生入座，十几所学校的语文老师陆续进场。

有个老同事惊呼："啊，宝刀未老！"我惭愧地直摇头："一起学习！一起学习！"

课前，我和学生做了个"五官"游戏——我："你的眼睛在哪里？"生马上指着自己的眼睛，说："我的眼睛在这里。"现场气氛顿时活泼起来。

我上的课是习作指导课《我的自画像》，指导学生抓住自己有特征的外貌进行描写，而不要面面俱到，眉毛胡子一把抓，这是本节课的教学重点。"为什么同样的眼睛、鼻子、嘴巴、耳朵，组合起来却是不一样的人呢？""此人非彼人。"这就是人物外貌描写的典型性。还有每个人的性格、爱好不尽相同，可以借助具体事例来体现。但要把这么深奥的知识传授给三年级学生却相当困难，所以我在课件制作上花费了不少工夫。

课堂上，我"抓"出几个长相特别的孩子上台当典范，让底下的学生现场观察、口头描述、课堂小练笔。最后连我也成了孩子们的"模特"，先请学生观察我的长相，再出示我事先写好的下水文：胖胖的身材，圆圆的脸上戴着一副红框近视镜，如果摘下来，马上露出双眼皮大眼睛，又黑又直的长发没有一根白发……在我的层层铺垫及引导下，学生的作品真实、自然。每个学生满心欢喜地完成课堂小练笔。

整节课，学生情绪高涨，争先恐后表达。一些机智、风趣的表述惹得现场一片善意的笑声和赞赏。可能还有很多不尽如人意的细节，但我觉得，如果学生学得愉快，有收获；听课的老师听得舒服，有所得，那这节课就是有价值的。

我个人比较喜欢习作指导课，它与一般的阅读指导课不同，现场生成资源较多，随时生发出许多意外的教学资源，有时让你措手不及，有时峰回路转。它往往考验一个教师的教育教学智慧。教师与学生的交流、默契程度，以及临时应变能力非常关键。每一堂课都充满了悬念和挑战。

记得前两年"送教下乡"到两所小学，我也是准备了一堂习作指导课《难忘的小学生活》，六年级的。其中一个班的学生知识水平明显稍逊，对我设置的问题无法如愿完成，我只好临时起意，舍弃原先设置的环节，尽量降低要求，但最终的教学效果不尽如人意。真心替学生着急，如果读到六年级，已经面临毕业，还无法准确、完整、流利地表达自己的所思所想，确实是缺憾。

但在另一所小学，那个班级学生的悟性极高，语文知识比较扎实。其中一个小孩选材"难忘我的语文老师"，我刚好瞥见她的语文老师在场听课，马上让孩子站起来："同学，再过两个多月，你即将毕业，即将离开学校，离开你的老师，现在你的语文老师也在听我们上课，你想对她说些什么？"

这位女孩转身面向自己的老师，缓缓地说："老师，我即将毕业，离开学校，离开您，感谢您无微不至的关怀和帮助。记得那次我考差了，你不仅没有批评我，放学后还帮我补习，后来我成绩赶上来了。老师，多亏了你，谢谢你，我永远忘不了你！"语言听起来朴实无华，但由于当时师生面对面，眼神交集，我发现孩子的眼眶红了，连老师的眼里也泛着泪光。情与境如此和谐地交融，那孩子自然而然落笔成文。

每节课的完成，不仅让学生学有所得，连老师也教有所获。教学相长，这是一份充满趣味性的工作，富有变化，充满未知。

　　我二十几年来，从没动过改行换业的念头，不是没有遇到过困难、迷茫的时候，而是这种职业表面看来，备课、上课、考试、改卷，一成不变，实际上每次接手的班级、学生都不相同。即使是同个班级，今年的学生和往年的又不一样，身体、心智都不尽相同。还有只要你深入其中，你会发现每天和每天都不同，都有新的挑战，你必须动用你所有的精力、智慧、爱心和耐心，深入学生，与学生沟通，慢慢的，慢慢的，你就会享受这个行业带给你的成就感和价值感。

话外有话

　　有人说过：老师是永远走不出校门的学生。说的真好，教学相长。也只有你真正将自己融入到学生们的中间去，你才能感受、发现教学中的魅力所在。

诵读润心

　　接手学校的经典诵读比赛任务，纯属偶然。虽然是个语文老师，但我天生缺乏表演天赋，甚至连插科打诨的本事也没有，说话做事大都一板一眼的，有时我都觉得自己是个无趣乏味的人。

　　第一次校长把任务交给我，我有点踌躇，第一个原因是执教毕业班，时间紧张，第二个原因是我没有大型比赛指导的经验，担心搞砸了。但校长鼓励我：没关系，不管结果怎样，只要参加比赛，最差也是区级三等奖。我知道三等奖是鼓励奖。

　　好吧。于是先确定朗诵内容，我直接从语文课本挑选现代诗《中华少年》，孩子们熟悉内容，难度降低。接着开始组队，二十个人。后排伴读的比较容易挑，首先挑选声音响亮的孩子，然后个子高矮、身材胖瘦、脸型清秀差不多的即可。就是领读的四个主角费了很多心思，前后换了几茬，要么外形不佳，要么胆小放不开，要么朗诵直白无韵。二十个队员全部是我本班的孩子，一个班挑了半班，有点勉强将就。

　　好不容易挑出四个领读，两男两女，一句一句地理解带读，顺带加上对应的舞蹈动作，有时一节课，就在那几句反反复复地练习，读不好重来，比画不好重来，台步走不好重来。老师和孩子都很累。

　　离比赛大约一周前，校长建议，请个外校的内行老师帮忙辅导辅导。这个老师教了两节课，尤其台位、手势、眼神等方面，做了比较大的改进，效果也好了很多，余下的日子我们就按照她的建议，紧锣密鼓地训练，尽量整齐，协调。

非常仓促地等来了比赛的日子。比赛服装是校服，女孩子白衬衫红格裙，男孩子白衬衫牛仔裤，四个主角：女孩白纱裙，男孩白衬衫黑背心，清清爽爽地亮相，基本没有什么花费。比赛过程中出了点小纰漏，一只麦克风突然哑声，幸好那位男孩子没有乱了手脚，落落大方地完成任务。比赛结束，十四队参赛，我们名列第九，三等奖。庆幸不是最后一名。顺利完成任务，我和孩子们还算欣慰。

第二年，换了校长，他认为我们学校缺乏真正有实力的诵读指导老师，到校外聘请了辅导老师，结果在中心选拔赛中被刷下来。前后花了一个多月时间，就这样打水漂了，但孩子或多或少也学到了许多。

第三年，又换了个校长。他认为比赛重在参与，不管水平如何，都要自己动手操练，名次是次要，让孩子确确实实得到锻炼才是最终目的。这句话中听。

于是，我接下任务。首先确定朗诵材料，我找到了诗歌《仰望星空》，结合背景音乐理查德克莱德曼的《星空》删减改造，适合朗诵；然后增加指导老师，一个专门设计指导舞蹈动作，一个专门负责演出服装，我就专门朗诵指导，担子轻了许多。参赛孩子从四至六年级挑选，四十五人，阵容挺大，场面有气势。领读的孩子试了几轮，最后确定两个女孩，相貌清秀甜美，体态挺拔柔和，尤其能准确地诠释诗歌的内涵，朗诵起来声情并茂，眼神手势到位，甚是喜欢。

前前后后一个多月的训练。比赛前天最后一次彩排，全校六百来名师生全部出动来到校外的篮球场观看。当时学校被上级鉴定为危房，教学楼封闭停用，本来不大的操场搭盖起临时活动板房，孩子最后活动的场所没有了，幸好校外的村部篮球场，成了我们体育课或大型活动使用的地方。

孩子们穿上比赛服装，女孩子红黑娃娃裙，腰间扎了个大大的红蝴蝶结，男孩子白衬衫黑马甲，站在篮球场观赛台的台阶上，映衬着身后翠绿的青山，非常靓丽养眼。尤其那两个领读的女主角，穿上艳丽的红礼服，亭亭玉立，煞是震撼。阵容、服装、气势、朗诵效果都比之前指导的那届孩子，胜出一筹。

隔天，孩子们登上康桥学校礼堂的演出台，非常顺利地完成整个朗诵作品，结果第六名，得三等奖。好多人替我们抱怨评委有失偏颇，但我自己细细反思，场面我们看起来很完美，但诵读方面还是稍逊于人，整体诵读时比较平板，对诗歌内涵理解不够透彻以至感情不够饱满，当然如果评委稍加照顾一下，我们也可以进入二等奖的。但这样的成绩比以往已经是有所长进了，甚是安慰。

第四年任务又来了，又是我挑担。其实年年都搞文艺活动，没有新鲜血液注入，确实捉襟见肘。我和学校老师全凭自己对经典诵读的一腔热情，找视频模仿改造，队形摆布、舞蹈动作不断修改，诗句朗诵一遍又一遍的重复、纠正，再重复、再纠正。不厌其烦，不怕其苦。没有源于对诵读的热爱，无法承受其中之苦。学生在学习，我们当老师的也一同在进步。

我上网查找现代诗《祖国，我爱你》，自己操刀修改，背景音乐是《我爱你中国》，特意选了四个小美女伴舞，创新一下。所有演出服装网上订购，舞台效果耳目一新。

比赛时，孩子台下还嘻嘻哈哈，歪肩斜背的，站到舞台却截然变样，

一个个昂首挺胸、精神抖擞。两个领读的女孩着红礼服，亭亭玉立，赏心悦目，朗诵的节奏不疾不徐，高低起伏，抑扬顿挫的，气势恰到好处。四个伴舞的女孩，鹅黄舞裙，随着过场音乐翩翩起舞，给舞台带来一缕活泼的气氛。长达五分钟的朗诵，孩子们一气呵成，当领读女孩最后一个手势高高扬起的时候，音乐戛然而止，所有的孩子定住亮相，场下顿时响起热烈的掌声。很快分数亮出来——第四名，二等奖。这个结果着实令人欣慰，一个多月的辛苦排练总算有个交代。

比赛是辛苦的，但每次比赛对孩子和我，都是一种历练，一种提升。"不学诗，无以言。"这句话是我国伟大教育家孔子对他的儿子说的。我国是一个注重"诗教"的国家，从诗经、离骚到唐诗、宋词、元曲，中国的诗歌传统一脉相承，可以说诗是中华文化的精华，是中国文化宝库中最灿烂的部分。我和孩子们在一次又一次的经典吟诵中，不断感受到中华古老文化的丰厚博大，民族智慧的精湛深邃。

话外有话

"经典诵读"，顾名思义就是把一些经典作品有感情地朗诵出来。做好，很难。尤其指导学生。先要理解，才能演绎。往深处讲，要做到诵读者与写作者的心灵沟通，着实不易。这也是教育的难处。

理想的风筝

　　春天，晴朗无云的碧空放飞着许许多多的风筝，长长的线的一头，牵扯着一张张兴奋的脸庞，他们的心中，何曾不也飞翔着一只只理想的风筝呢？

　　我那年幼的儿子，每次听完一个名人传记，就改变一次未来。听到比尔·盖茨读到哈佛大学二年级，退学创建微软公司，后成世界首富。他竟然提出：我也要退学，你给我一台电脑，我专门设计游戏软件，到时全世界的人都用的话，我也成了世界首富，肯定送你们一套别墅。然而听到达尔文乘着"贝格尔"号随费兹洛伊船长，漂洋过海，环游世界，进行自然考察，他马上改变主意：什么时候，我也跟上哪个船长去考古，专门搜集那些濒临灭绝的动物、植物，然后出本书……

　　儿子从两岁上幼儿园，到今年读四年级，在"我的理想"的口述或习文里，他的人生不断变更：到草原养马，做像妈妈一样的老师，当爸爸的接班人——诗人，继承我们夫妻的产业——开书店，数学家，玩具制造商，清洁工人，无业游民……十年的光阴，他在他的城堡里，自得其乐地从事着不分高低贵贱的职业，因为他"我喜欢，我高兴！"

　　一次口语交际课，班上的学生们畅谈理想，让我感慨万千。十几个想当歌星、演员的同学几乎可以组成一个娱乐公司；顺发、丽香想成为百万富翁，以后老师缺钱，他们要赞助；亢敏想当飞行员，等雅红、淑娟去美国留学时，找他开飞机；妈妈是哑巴的妙巧，长大想开店；长相欠佳的丹丹要当画家……听着一个个新鲜的梦幻般的理想，我激动，我渴望，我不安。社会是复杂的、多元的，正因了众多个体生命的介入、参与，才丰富多彩，才会进步繁荣。我们的社会，既需要"××官"、"××家"，也需要有人为我们种粮食、生产商品、打扫卫生。如果孩子们能自由选择他喜欢的路走，找到适合自己的位置，各司其职，并乐在其中，那我们的社会不知有多美好！

然而，我一直深感不安的是：教育者——老师、父母、社会，是否能如孩子所愿，为他们理想的追寻，提供适当的阳光和土壤呢？在他们脆弱的成长途中，给予足够的耐心和爱心呢？纵观周遭的人，仅有少数人享受着理想实现后的快乐，更多的人则是在前进的道路中摸爬滚打，摔倒了爬起，失败了再来。多少人承受着理想破灭后的迷茫、酸楚、痛苦。每年的中考、高考，让多少家庭欢喜，又让多少人忧伤？当今，学而优则仕、则富、则荣，仍然左右着所有人的思想，仍然千军万马过独木桥。

我忐忑不安的是，再过八年，我那充满五花八门的理想的儿子，能否一路过关斩将，找到他的未来？还有我那些一届又一届的学生们，满怀激情地、义无反顾地前进，能不能到达他们向往的彼岸呢？

我不禁有个大胆的设想：现今九年义务教育，调整为五年小学，三年初中，第九年兴趣班。想继续深造的上提高班，想往艺术道路走的上艺术班，想有一门手艺自力更生的上技能班，想开店烹调的上家政班……国家九年义务教育应该责无旁贷地担当起这个责任，因材施教，各取所需，各尽所能，全面提高国民素质。我们的教育，归根结底是国民的教育，而不是贵族的教育，优等生的教育，特长生的教育。不要等到中考、高考失败了，才让这些缺乏自信的学子们，沮丧地流入社会，无可奈何地进行第二次选择，这是错误的，也是危险的。我认为，我们所有的教育者，包括社会应心平气和地对待每个学生的选择，并积极、主动地为他们提供一个合理、公平的教育、就业机制，提倡劳动是光荣的，工作是不分高低贵贱的，并给予恰当、公正的薪酬、待遇。观念正确了，每个人对未来的选择就不会唯一化、极端化。

如今初中流生太厉害了。两基报表中入学率、毕业率、巩固率都是100%，其实不然，都是造假骗上级，那些流生照常交学费，早跑到工厂打工挣钱，或去拜师学手艺，甚至到社会瞎混。他们等不到九年义务教育结束，他们宁愿打苦工，流血流汗，用钱购买毕业证书，也不愿安坐在教室里读书写字。上学、考试是一件痛苦的事，他们实在熬不下去了，他们渴望自由，需要快乐，承受不了落榜的打击，于是选择了放弃、逃跑。

我的学生五年级的妙巧，她的理想早就定下来了，开个店做生意。你能说她的理想不崇高吗？你能否定她的人生吗？不能，因为她的能力和意愿使她选择了这一职业。自食其力，快乐地生活，为自己，为社会创造财富，她是一个多有理想的人啊！可谁支持她呢？除了我，大部分人都说她没出息，懒惰，替自己找借口。我郁闷不安，那谁来教她做个高素质的商人呢？谁来帮她避开生意中的风险呢？教育理念的偏差，教育资源的不平衡，才造成社会等级的分化，能者更强，拙者更弱，这不是我们教育的目的。

爱护孩子吧，哪个成人不是从孩童时代走来，哪个成人不曾承受过失败的无奈？关爱孩子吧，为每个孩子安上一副合适的轻盈的翅膀，让他们轻松自如地行走在求学的道路上，自信坚强地生活和工作着。如果我们的教育能帮助每个孩子找到他的理想，那就是成功的教育。是的，正因为未来的不可预测性，才为每个人带来诱惑和激情，才有前进的动力。我想：只要心怀梦想，每个人都将立于不败之地，都能够挖到人生中属于自己的金子。

话外有话

再如何理想澎湃的一只风筝，都要有一条线牵着。风筝断线，就漫无目的飘飞，不知坠落何处？一个好老师，就是那条绷得紧紧的线，不能太松，也不能太紧……

教师节
快乐

　　一年一次的教师节又如期而至。可惜今年恰逢周六，结果一切如常，双休日放假去了。节日成了日历上的一个红色数字。

　　倒是微信上铺天盖地的祝福、鲜花、礼炮、红包，给这个被忽视的节日带来些许喜庆的热闹与欣慰。

　　记得那一年，1990年，我刚分配到新单位，上班没几天，正逢教师节，学校歇了一天假，集体吃了一顿大餐，还领了村委会的节日慰问金——五百元。你想，那时我们刚踏出校门，还没见过工资呢。而且当时毕业的工资一个月才一百元。这笔巨款让我当教师的幸福感持续了很长时间，夜夜兴奋得睡不着觉，筹谋着如何花掉这笔巨款。

　　再后来，教师节歇半天，集体聚餐，红包一包，只是金额大大缩水。

　　再后来，明文规定，凡是行业节日不能放假。教师节这天，老师照常上班，学生照常上课。当然，老师会收到学生的贺卡、鲜花、钢笔、杯子、笔筒等表示心意的小礼物。

　　再后来，坚决制止教师借教师节收受礼金、礼品，以及家长的吃请等行为，违规处罚。因为有违师德师风。

　　节日成了鸡肋。想要遗忘它，它却红彤彤、明晃晃地挂在日历上提醒你；庆祝它，谁给谁庆祝？结果老师下班回家，激情点的，呼朋唤友顺势聚一餐应和节日的热闹；低调的，回家煮饭炒菜看自家小孩做作业，该干嘛还是干嘛。

　　但有一点不能否认，每年的这天，学生的贺卡，自制的也好，商店购买的也好，无一例外写的："老师，您辛苦了！""老师，谢谢您！""师恩难忘！"等等熟悉而老套的话。没有细节的怀念与祝福，只是例行公事般的应景之作。还有大量的鲜花、假花堆满了讲台，老师双手捧也捧不完，还得请几个得力的小助手帮忙捧到办公室，结果办公室成了名副其实的花海。此时，老师的脸上洋溢着节日的喜悦，各自分享收获的成果，甚至心里头会暗暗较劲攀比，谁收到的礼物多，证明谁受学生欢迎的程度高。老师的心本来就是小小的，面对满桌的礼物，面对学生和家长的认可，一种职业的价值感与成就感达到了峰值："啊，当老师真好！"

　　但是，事实却不像老师看到的那么贴心、暖人。

　　一个妈妈骂骂咧咧地推搡着挑花的女儿："每次都考不好，送什么花？"女儿委屈的眼泪马上滚落在地，但仍然执拗地买上两枝花。

　　两个妇女一边挑花，一边唠嗑："昨天老师打我儿子，不送她！""别人都送，你不送，老师会不会更跟你小孩过不去？""也是，一朵花才三元钱，花钱买个安心。"

　　一个男人财大气粗地嚷嚷："最好的笔拿出来，笔送老师最实用！"旁边一人接茬："笔再好，现在老师也不稀罕了。呵，送根金项链，保证老师更关照。"

　　一个母亲边挑礼物，边对女儿交代："下午送礼时，记得跟老师说说，座位调到前排去，都近视了，怎能读好书？"怎奈碰上个羞怯的小女孩："我不敢说。你去说吧。"母亲气急败坏："别人家小孩都那么伶俐，就你这熊样，还想送什么礼？"女孩小小的脑袋瞬间低到了胸前。

教师节，老师们如果听到这些来自家长们的闲言碎语，肯定如鲠在喉，快乐从何谈起。他们满心欢喜收到的礼物、鲜花，会像烫手山芋一样烫伤他们充满热情的心；他们无法想象，刚刚在面前笑容满面、唯唯诺诺的家长们，一转身，一跨出校门，翻脸一副恶狠狠咒骂老师的嘴脸。

教师节送礼，成了家长和孩子们的烦心事，礼物的多寡、轻重，成为衡量老师爱心与关注度的尺码。或许大人们俗世的偏见，远不如一个孩子对老师发自内心的单纯崇敬和感恩。

是的，一个称职的、优秀的老师，确实能够影响和改变孩子的一生。普天之下的家长们都梦寐以求，自己的孩子能幸运地遇到这样的好老师。但世间三教九流，一个群体中，难免会有一些害群之马，难免会伤害到孩子的身心，家长们不能以偏概全，应该以宽容之心悦纳我们的老师，孩子成长的导师。

我们的老师其实大都是良善之辈，再怎么凶、怎么恶，也是为了帮助、教育孩子，改变孩子，让他更适应这个社会的规则、秩序，更好、更顺利地生活。总体来说，整个教师群体是充满爱心的，是陪伴孩子成长的天使，甚至陪伴的时间比家长还长，教给的东西比家长还多，家长应该感念老师的付出，而不能因某个小节而耿耿于怀，在孩子面前对老师评头论足、横加指责。

尊师重教。只有全社会，全体家长共同维护老师的尊严，捍卫老师的地位，由衷感谢老师无私的爱心和默默的奉献，我们的教育才有价值，才有意义，那属于教师节的快乐才会真正降临。

话外有话

教师节，不能只是一个节日，或者一句敷衍了事的问候。它应该是一种态度，夸张点说，应该是一种健康的、持之以恒的全民运动。如果每个人时时刻刻都能尊重老师，尊重教育，那么，每一天不都是盛大的节日吗？

如何做
孩子的父母

新东方学校创始人俞敏洪曾经讲述过一件他与女儿看演出的事：

一次，我和爱人带着八岁的女儿从国外回来过圣诞节。一个在海政歌舞团工作的好朋友听说她们回国后，特意给我送来了由宋祖英主演的歌舞剧《赤道雨》的三张票，票价十分昂贵。我对歌舞剧并不十分感兴趣，但盛情难却，就带着家人一起到了天桥剧场。到了现场才知道，由于宋祖英的名气，在门口想进去又没有票的人特别多。我的司机小王由于没有票，也留在了外面。

女儿在国外生活，基本听不懂剧中的任何内容，再加上倒时差，所以有点昏昏欲睡。中场休息的时候我就带着她到大门外透透气。剧院为了防止没有票的人中场混进来，就给出去的人每人发一张票根，作为再进场时的凭证。服务员发票根给我时，多发了一张，我们出去三个人，却拿到了四张票根。拿到这张多出来的票根，我的第一反应就是赶紧把它收起来，因为我的司机在外面，有了这张票根，我就可以把他带进去了。

一出大门，我高兴地对女儿说："宝宝，你看，爸爸多拿了一张票，可以把王叔叔带进去看戏了。"女儿一愣："你怎么会多拿到一张票呢？"
我说："那个叔叔多发给我的呀。""他知道给你多发了一张票？""他不
知道，是爸爸捡了个便宜。"我女儿一下子瞪大了眼睛，很迷茫看着我，
好像不认识我一般，说："爸爸，别人给你多发了一张票，你应该还给他，
这张票本来就不属于你，要是你不把票退还回去，你就是在欺骗"

　　女儿的话让我浑身哆嗦了一下。这么一件小事，在她眼里居然构成
了欺骗。我一向以为自己是一个很诚实的人，一个不占小便宜的人，没
想到在这件小事上却暴露出了自己的另一面。女儿四岁出国，一直生活
在西方，她的思维习惯和行为方式都已经和我不太一样了。在西方教育
中，最重要的内容就是培养孩子诚实和诚信的品德。老师会用各种各样
的故事和事例来告诉孩子们不要说谎，不要拿不属于自己的东西。多得
一张票根带给我的喜悦，因女儿的一语破的，瞬间化为乌有。我满脸通
红，惭愧不已。

　　多拿一张票，似乎不算太大的事情。我相信大多数在中国长大的孩
子，在同伴因没票不能进场时多拿一张票，一定都会像我一样按捺不住
内心的高兴。但细想起来却让人不寒而栗：如果我们养成占小便宜的习
惯，结果可能会因此失去人生的大目标和大幸福！

　　在女儿的注视下，我把票退还给了守门的工作人员。当时，我的内
心真切地感受到一种从未有过的轻松。我对女儿说："爸爸错了，但爸
爸现在改正了。"她给了我一个甜美的微笑。在女儿的教育下，我又一
次成长……

　　俞敏洪是个有智慧的家长，肯向女儿低头认错，愿意跟女儿一起成
长。我们现在多少父母能够心平气和地接受孩子的批评与教育？愿意蹲

下身子与孩子共同学习与进步？

"我是老子，我说的算！""我是你爸，要听我的！""听妈的准没错！我不会害你！"种种毒汤迷药，一旦抹上爱的蜜糖，只会让自己的孩子越行越远。终有一天，所有言行的种子即使开花结果，也是残花败柳，零落不堪。

父母是孩子的启蒙老师，成人的一言一行、一举一动，孩子都看在眼里，记在心里，甚至潜意识里模仿并学习，因为他们欠缺一定的能力去辨识事情的是非对错，只会依样画葫芦，甚至给自己的行为找到充分的理由："这是我爸说的！""我妈也是这样做的！"

孩子的心如高原的湖泊一样澄净无暇，像镜子一样忠实地投射出这个嘈杂、忙乱、无序的社会。什么样的孩子背后肯定会有一对什么样的父母。

现实中，熊孩子随处可见。商场超市，孩子肆无忌惮地搬下货架上的牛奶、饼干、玩具，撕破外包装，甚至踩着商品玩得不亦乐乎；或者几个小朋友在过道、货架间追逐嬉戏；还有的孩子因没有达成自己的购物意愿，扯开喉咙旁若无人地大哭大喊，甚至躺地打滚要挟……而父母有的手足无措，有的泰然处之，有的直接粗暴地武力解决。

这样的情景还时常发生在一些公共场合：游乐场，孩子来不及找到厕所，随地大小便，零食袋子、面巾纸随手丢弃；餐厅宛若自家，用餐中途随意跑动嬉闹，率性自由，打翻饮料，打破餐碟；书店里，书籍来个乾坤大挪移，图书当玩具，喧嚣不绝……而他们的爸爸妈妈，要么谈兴正浓，要么手机刷得飞快，或者对自家孩子视若不见，等会埋单结束，大人小孩扬长而去，留下一地狼藉。更夸张的是，小孩一时内急留下一摊尿水，大人则提着货物牵着小孩不管不顾地走了。

　　经常耳闻，父母当着孩子的面批判老师的不是："你老师也真是的，布置什么鬼作业，这么麻烦？""老师又在推销书赚回扣了，不好好读书，看什么课外书？""老师再敢骂你，跟我说，我肯定给她好看！"满脸的不敬与鄙夷。试想想，父母如此教育孩子，孩子句句落到心里，也就难怪会出现孩子和老师当堂冲突的事件。古人说"举头三尺有神明，敬畏之心不可无"。当一个孩子失去敬畏心，那他的道德世界肯定一片混沌。

　　令人窃喜的是，有些孩子经过良好的学校教育，养成良好的行为规范，反过来规范父母的行为。记得我儿子当年幼儿园，就时常提醒他爸爸：上完厕所要冲水，在公共场合不抽烟，过马路红灯停、绿灯行、黄灯等一等，在医院要小声说话，人多的地方要排队，垃圾记得扔垃圾桶。一个涉世未深的幼儿，懂的比我们还多，做得比我们还规矩。我们成年人也都懂得道理，为什么不能约束自己，检点自己？一个没有自制力的丧失社会公德的人，没有资格谈论教育孩子的问题。

　　"子不教，父之过。"父母的言传身教影响力不可小觑。孩子人生的导师是自己的父母，真正的教育环境是自己的家庭。智慧的父母懂得谨言慎行，懂得给孩子树立榜样，当人生典范。要知道，你现在的样子，或许就是你家孩子未来的样子！

　　爱孩子，首先学会爱自己，让自己成为一个品行优秀的人，你才有能力爱自己的孩子，才能让爱开出如意馨香的花朵。

　　　　孩子落地睁眼，第一眼看到的就是父母。日常相伴，最多的也是父母。且不说基因、血缘之说，孩子的第一榜样只能是父母。这也是家教的重要性。

话外有话

唐诗
怎么这么短

一日，书店里来了一对母女俩，刚进门妈妈就大声嚷嚷起来："《唐诗三百首》在哪里？"书店小妹带领她们到书架上，找到一本。妈妈接过来迅速翻了翻，惊讶地叫起来："唐诗怎么这么短？"女儿不耐烦地回应："唐诗本来就这么短！"而后红着脸迅速夺过妈妈手中的书。

唐诗怎么这么短？妈妈的印象里，唐诗是不是应该像章回小说一样有跌宕起伏的戏剧情节，有扣人心弦的场面描写，有荡气回肠的故事结局？

我觉得，李白、杜甫、白居易、孟浩然等诗人若能回魂翻身，听到此妈妈的质问，不知作何解释？李白是不是要把"床前明月光，疑是地上霜。举头望明月，低头思故乡。"写成一部年轻人闯荡江湖，辗转流离，客居他乡，适逢明月，乡情骤起的几十万字的励志小说？或者白居易把"小娃撑小艇，偷采白莲回。不解藏踪迹，浮萍一道开。"编成一个贫家子弟，生活所迫，染上恶习，偷采白莲，被人发现，受到惩戒的乡村儿童小说？

这位妈妈看起来年纪不大，顶多三四十岁模样，应该上过学，识几个字；即使失学成"盲"，稍加留心，也该听闻过周边孩子们的朗朗读诗声，大约了解"诗"是何物，为什么会语出惊人呢？

我不由得想到曾经遇到过的一位家长。孩子在我班上，六年级毕业班了，学习习惯养成还相当不好：不能按时完成作业，写字恣意率性、潦草成章，整天丢三落四、缺东少西的，当然学习成绩不容乐观，考个三四十分是家常便饭。稍稍打量这个孩子，天资还算聪慧，领悟能力和接受能力跟其他同学相比，还是不逊色的。于是，我找家长反映孩子情况，并提出改进措施，希望家长有时间尽量督促孩子，帮助孩子改掉坏习惯，迎头赶上。没想到家长非常"雷人"："老师，你告诉我也没用。我也没办法啊！字认识我，我不认识字！"我确确实实被镇住了，赶快拔腿落荒而逃。

究其原因，这些家长不是文盲，而是"心盲"。无视生活，无视知识，无视自己活生生的孩子。没有敬畏之心，谈何育子？谈何"望子成龙"？

老舍先生在谈到目前对自己学术成就影响时说："从私塾到小学，到中学，我经历过起码上百位教师吧，其中有给我很大影响的，也有毫无影响的，但是我真正的教师，把性格传给我的，是我的母亲。母亲不识字，她给我的是生命的教育。"生命教育往往比知识的教育更持久，更有影响力。老舍先生把自己的成就归功于母亲，足见他的拳拳感恩之心。

讲到这里，我想告诉那些因为种种原因没有得到基本教育的家长，您本人有没有文化没有关系，关键要学会和孩子对话。教给他努力，教给他坚持，教给他自信都可以，千万不要与孩子隔绝，千句万句"我不懂！""我不知道！""我不会！"如果这样的话，一方面孩子无形中受到父母排斥，情感关系比较脆弱；另一方面，孩子会养成跟父母一样的秉性，遇到障碍马上来一句"我不懂！""我不知道！""我不会！"。这样的代际沿袭是可怕的。

新闻报道：溧水县晶桥镇的周国财老夫妇，是农村一对普通的农民，两人虽然都是文盲，但他们却培养出了三个优秀儿子：大儿子是博士后，美国哈佛大学教授；二儿子是博士，在多伦多一家计算机公司工作；三儿子也是大学本科毕业，在杭州工作。周国财是油漆工，老伴在家种地、做家务、砍柴卖钱贴补家用，两人虽不识字，但一直鼓励孩子们"只有好好读书才是最好的出路。""有机会读书，要好好读书。"为了孩子读书，他们吃苦耐劳、省吃俭用，借了不少钱，直到大儿子工作才还清外债。

还有一个陪读的故事：为了陪孩子读书，每天晚上做完家务，妈妈就拿份报纸在煤油灯下陪孩子写作业，天天如此。有一天，细心的孩子发现妈妈报纸拿反了："妈，报纸拿反了，怎么看？"妈妈不好意思地赶快把报纸颠倒过来。其实，年幼的孩子毫不知情，自己的妈妈竟然不识字。但她就是用这种行动默默地给孩子做榜样，让孩子安心读书。

天津一中高三学生安金鹏，在阿根廷举办的第三十八届国际奥林匹克数学竞赛中获得金牌。记者闻讯赶来采访，非常震惊：金牌的背后有一个伟大的妈妈。安金鹏家里极穷，考取了重点中学天津一中，却没有钱上，父亲主张让他去打工，但母亲坚决不同意，将家里唯一的一头驴卖了。安金鹏在中学里是唯一一位连素菜都吃不起的人，是唯一一位连肥皂都用不起的人。记者采访后还知道，虽然他母亲连小学都没有毕业，但她却让自己的孩子在小学之前就把四则运算做得滚瓜烂熟。仅此一点又有几个大学毕业的父母能够做到呢？

有时候，孩子的教育，拼的是"潜教育"，拼的是家庭功底，父母的处世态度和人生哲学。有时，"显教育"的力量倒没有家庭的潜移默

化重要。孩子身上的多数习惯——无论是好习惯还是坏习惯，都是我们父母有意无意培养出来的。很多父母在教育孩子的过程中，发现孩子出问题，第一反应就是怪罪到学校身上，怪罪到教师身上，怪罪到孩子身上，唯独不会选择怪罪到自己身上。

日本作家、教育家池田大作提到："尽管孩子们说不出，他们也能切身感受到父母的生活态度。与其用嘴向他们灌输正义良知，不如父母在自己的生活中用身体力行来示范，可以说这才是最高明的方法。我认为：能够正确的教育引导孩子，归根结底，并不是教给孩子什么东西之类的教育技术问题，而是父母本身作为一个人，是否能有正确履行职责的生活方式问题。"父母，是孩子的第一任老师，是孩子人生的引路人，至深影响无法估量，所以，父母们要谨言慎行，做好孩子的表率！

话外有话

这世上根本没有真正的文盲，只要用心，不识字也能背几首唐诗，知道唐诗是短还是长。在任何一个孩子的成长过程中，父母除了提供衣食住行，还要有言传身教的责任。

我给别人
添麻烦了吗

从桂林到厦门的飞机，大约一个半小时就可抵达。厦航的服务质量一直备受称道，人们出行大都会选择厦航。

那天，飞机落地，我拎起背包尾随大家缓步走出舱箱。突然，发现机舱中段座椅底下一片狼藉，纸巾、吸管、饮料瓶、零食袋、小吃外包装……我顿时愕然，这么短的一段时间，人们制造垃圾的速度简直匪夷所思。

飞机离地起飞高升，等待平稳后，空姐开始分发中餐，一架飞机二三百号人，从舱头发到舱尾，回过头来，推出垃圾车——收垃圾，两个来回，该吃的吃完了，该收的也收完了。剩下大约半个钟头自由行动，又到飞机准备降落的时间了。是谁，凭空生出这么多垃圾？而且，每个座位背后的网袋里，备有一个纸质垃圾袋，供你随时取用。为什么都不用，却在干净舒适的机舱里扔下一地垃圾呢？

还有，飞机起飞、落地时，广播一直提醒乘客"请系好安全带！"有些人置若罔闻，兀自在过道走来走去，无非是上厕所、取水之类的小事。为什么不能忍一忍呢，为了你自己和别人的安全？

旅游一路走来，实在惨不忍睹：公园、景区、广场、候机室、包括机场中转车的座椅……只要有人的地方，就有垃圾，全是人们吃的、用的。其实垃圾桶分布密度还是挺高的，几步远就放置一个。人群出入密集的地方，如餐饮、小吃的地方还有好几个。而且环卫工人顶着酷暑，来来回回地像侦探一样巡逻、清扫，垃圾还是层出不穷。

我不由得想起 2011 年 3 月 11 日，日本地震引发海啸的重度灾后场面。记者报道："几百人在广场避震完毕，整个过程，无一人抽烟，服务员在跑，忙着拿来一切：毯子、热水、饼干。所有的男人帮助女人跑回大楼拿东西，接来电线放收音机。三个小时后，人散，地上没有一片垃圾，一点也没有。""东京街头尽是步行回家的人群，仿佛数百万人都一起走上了街头，但都自动列队默默前行，秩序井然，毫无喧哗，我在开车，路上塞车，但也毫无喇叭声，眼前的一切，仿佛是部场面巨大的无声电影。"

在遭遇这种生死攸关的严重灾难面前，日本人仍然苛刻地维持着公共秩序。他们在整个疏导过程中表现出来的秩序井然和沉着冷静，几乎可以平复灾难带来的恐慌，让人内心始终充满了某种安全感。

"不给别人添麻烦。"这是日本人的常识。这句话出现在给小孩学习的《社会生活教育》第一章的第一节。凡是让别人不快、让别人担心、让别人操心，都属于"给人添麻烦"的范畴。"不给别人添麻烦"也可以解释为日本人的忍耐力和自律精神，随地吐痰、大声喧哗、插队、乱扔垃圾等都被视作给别人添麻烦的行为。

看看日本人重灾后的井然有序，确实值得我们敬佩和深思。我们都知道日本是个多地震、火山的国家，向来以训练公民应对各种自然灾害著称。东京的小学，几乎每个月都会举行这类演习，以便小学生在真正遭遇地震等灾难时不至于惊慌失措，知道如何降低危险和得到适当及时的救助。"3.11"地震发生后，他们像以往演习的那样，躲避地震，跑到街上、公园疏散，这是长期训练的结果，这种素质目前我们尚无法具备。虽然"安全教育"天天讲，月月抓，但只流于形式，整天准备形形色色的材料应付各级各类的检查。况且我们预防灾害的教育比较滞后，遇到地震后，人们往往慌不择路，不知如何是好，跳楼和互相踩踏皆有发生，伤亡的概率可能甚于灾害。

由此，我认为我们的基础教育应着重于孩子行为习惯的养成教育，只有孩子们养成良好的自律习惯，具备为他人着想的意识，当他成人之后，或者"他二代"，才不会出现这些混乱的令人不齿的行为。

"习惯成自然"是古希腊教育家亚里士多德的一句至理名言。它告诉人们，无论是遥远的古代还是现代文明社会，习惯的养成对人的一生起到非常重要的作用。有一个这样的故事：一位记者采访一位七十多岁的诺贝尔奖获得者，问他这一生取得这样大的成就，在哪所大学或哪个研究机构受益最多？这位科学家满怀深情地回答："在幼儿园。"记者非常惊讶，科学家答："是幼儿园的老师给了我一生受益的习惯。在幼儿园里，我懂得了要把用过的东西摆放整齐，懂得了不是自己的东西不能拿，懂得了有了好吃的东西要分给小朋友一些，懂得了饭前要洗手……"

这位老科学家的回答的确让许多人意外，但他恰恰说出了基础教育是人一生中最重要的启蒙阶段，是她教给了孩子良好的学习习惯、生活习惯和行为习惯。无论是多么伟大的人，他所取得的伟大成就都与他从小养成的良好的行为习惯分不开。

孔子曾以"少年若天性，习惯成自然"的名言，说明孩童时期受教育程度对一个人成长的重要意义，也就是说人的某种习惯一旦养成，便会成为自然而然的事。每一位成功者在总结他的经验教训时，总会谈到

某种习惯给他带来的诸多益处。所以说，好习惯是人生的重要财富。

而目前我们的基础教育，教学重心倾向于知识传授、才艺培养，对行为习惯的养成，关注度和执行力还远远不够，这是本末倒置的。多少年后，教师授予孩子的知识可能会忘光，甚至一生都派不上用场，但孩子永远记得：不插队不插嘴，用完厕所要冲水，不能乱丢垃圾，东西收拾整理归位，公共场合不喧哗，主动帮助别人，得到帮助说"谢谢"……一个优雅、品行高尚的人肯定走到哪里都不会让人讨厌。

反观飞机上的一地狼藉，我扪心自问：我们的行为习惯养成在哪里？学校教给我们的掌握了多少？一张一百分的书面测试卷就足够了吗？如果足够的话，会不会出现乘客把飞机上的安全门打开"只是想透透气"？会不会出现乘客烟瘾犯了自顾自地吞云吐雾，导致动车紧急刹车？会不会出现国庆节人们在高速公路上打牌、遛狗、散步的局面？

如果缺乏敬畏心、同理心，"时时给人添麻烦"，那我们将一辈子生活在一个无序、混乱、肮脏的环境里。

话外有话

用一个简单的比喻，好的行为习惯就像一件干净整洁的外衣，穿出去不单自己舒坦，别人看着也爽目。换言之，一个气质优雅、品行高尚的人，其言行举止一定也是。

世界会善待读书的人

当你说出"读书无用"时，你正处于人生的焦虑时期，正陷入迷茫、无助、愤慨的情绪状态。你被周边因读书却陷入困境，或者不读书却飞黄腾达的个例，刺激得丧失了自己的思考和决断。

最近几年，985、211 名牌大学生的就业薪酬，有的竟然不如一个技工。招聘单位除了设置学历要求，还要求需有一至两年的工作经验。刚踏出校门，哪来的工作经验？还有名校毕业生一般讲究工资待遇，本科多少，研究生多少，博士多少，大都身价较高，不肯低就，尤其不愿从事基层脏苦累的活。结果领到工资扣掉房租、伙食费、交通费、通信费，竟然无法在城市里立足。有时碰到同学、同事喜事包红包，还得跟家里请求资助。于是，父母忍不住唠叨："你看你看，四年大学花了十几万，出来还不如隔壁家小李。当初我们一直笑话他不上进，老被老师留下补课。人家初中毕业上职校，三年毕业在金龙大客车当机械维修工。现在一个月收入也有七八千元。听他母亲说，找了个女朋友，前不久刚付首付买了套房子，正张罗婚事呢。"还有小王摆摊烧烤，买房买车；小张菜市场卖菜，买了两套房，住一套租一套；小高修理店车水马龙，财源滚滚……他们不读书也能达到俗世所谓的成功。事实永远胜于雄辩，现实永远嘲笑理想。

"读书无用论"一度甚嚣尘上，再加上义务教育阶段，政府实施免费入学，家长逐渐放松对孩子学业的督管，秉持"学优者上大学，考不上去打工"，迅速放弃对孩子未来的坚持。甚至还有侥幸心理，出色的孩子都远离父母，到大城市工作，甚至留学并定居国外，父母老无所依、老无所养。还是不出色的孩子孝顺，留在身边，就近到开发区工厂找个工作，领份工资，娶妻生子，既无贷款买房之忧，也不惧买车交通之苦，父母头疼脑热的照顾周全，一家三代人生活在同一个屋檐下其乐融融。

我在二十来年的教育中跟毕业班家长沟通时，感觉到有些家长目光短浅，不想让孩子进一步求学的思想相当强烈，他们表示孩子认得几个字，简单计算，会写自己姓名，出门识得路，看得懂说明书即可。现在的年代，还有家长对孩子的读书要求如此之低，真是令人震惊。他们不知道，不读书，自我实现价值的通道就会变窄。

我们应该把读书的范畴扩延，不局限于识字计数学技能，不局限于校园学习活动，而应把它视为一种品行修炼的历程、内心充盈的桥梁。高尔基说："要热爱书，它会使你的生活轻松；它会友爱地来帮助你了解复杂的思想、情感和事件；它会教导你尊重别人和你自己；它以热爱世界、热爱人类的情感来鼓舞智慧和心灵。"读书是一种高尚的精神修炼，有没有读书，气质完全不同，内涵大相径庭。

我家爱人高考落榜，单薄的身躯辗转奔波于田间山上沉重的农活，一身泥一身汗。他的发小嘲笑："读书有什么用？你看我一年级没读完，还不是开车载货挣钱？"二十几年过去，因为文学，爱人已经不再干农活，经营书店写写诗，在诗歌届小有成就，曾经参加过诗刊社"十九届青春诗会"，曾获得"第八届华文青年诗人奖"，去过北京、上海、深圳等各大城市领奖，参与诗歌活动，结识各路文友诗友，生活圈子无限扩伸，精神世界无限富有。或许，文学不能给他带来更多实质上的经济效益，但是它可以改变一个人的世界观和人生观。有一天当年的发小挺着滚圆的肚子，骑着摩托车上门跟爱人泡茶吐苦水："不读书确实把路走窄了。你看你变化那么大，全国到处跑，我还待在村里，还在开车载货。我不识字连儿子都没教好，初三没读完就去工厂打工了。"读书确实能够改变一个人的人生轨迹，能扩延生命的宽度。

爱人的一个朋友，早期家贫辍学，到社会上当混混，因侠义心肠混成了大哥，来往不仅有白丁，也有权贵。虽谈吐不够文雅，但此人有一点值得称道：天天看报纸、看新闻联播，遇到不懂的字马上查字典，一本《新华字典》被他翻得发白卷边。好几次，夜很深了，爱人还接到他的电话询问哪个字的读音或者写法，你如果敷衍了事，他还会跟你争得面红耳赤。一个人的素养要么先天因素，要么后天弥补。有没有读书肯定是有区分的，因为造物主的眼睛是雪亮的，回馈于人的也是公平的。

有篇文章《世界正在惩罚不读书的人》，讲到香港江南四大家族之一的富豪田北辰，参加香港本地一档真人秀节目《穷富翁大作战》，按节目要求体验了两天时薪只有二十五元港币的环卫工生活。当他筋疲力尽地扫完一天大街，住进月租六百到一千五港币的"笼屋"——屋里仅能放下一张床，没有热水，洗手间上面也住着人，发现辛苦一天挣来的钱刚好够吃两个最便宜的便当。他认为，在香港，有的人找不到好工作，是因为没读书，眼光浅，看不到更远的路，以至贫穷，没有更多的金钱来创造资源，提升自身价值，恶性循环，永远不得翻身。田北辰，自创两个服装品牌、毕业哈佛大学管理系、身家上亿，他感慨：这个世界正在惩罚不读书的人。抛开富二代、官二代得天独厚的家庭背景，社会资源，经济优势，对大部分民二代、工二代，穷二代来说，读书才是改变他们命运和阶层的出路。

我经常给学生和家长说："每个孩子天资不一，兴趣相左，喜好读书深造的继续往高一级学校走；确实才疏学浅，勉为其难的，九年义务教育结束，你可选择中职；再不济，去当工人、农民、司机、售货员、做个小摊小贩。虽然离开学校学习生活，但不能停止学习，阅读各种各样的书。只要日积月累，自学成才，在自己的行业里也能风生水起。即使做份底层工作，也要做个有素养、有内涵、热爱生活、勤勉上进的平凡而普通的人，这样才不会走歪路，干坏事。"

我很喜欢这句话："如果读书对于富人是一种锦上添花，那对于普通人就是救命稻草。"读书可以让普通人毕业于一所好学校，找到一份轻松一点薪水较高的工作，过上比较舒适的生活。读书可以充实一个人的行业知识、精神素养，让他鹤立鸡群，卓越出众，从而获取更好的待遇、更多的收入、更高的地位。

当然也可以说。读书可以开阔我们的视野和心胸，陶冶我们的心灵，让我们懂得分辨美丑善恶，是非黑白，让我们懂得和孤独对抗，与寂寞共处，学会跟自己的灵魂对话。往远一点说，当你通过读书改变了自己之后，可以改变家族基因，改变我们的普通二代，让他们站在我们的肩膀上眺望远方、眺望世界。

话外有话

读书是站在巨人的肩膀上眺望世界，读书是借助阳光的手臂去拥抱世界，读书是自己缝一只很大很大的布口袋，把世界装进来……爱读书，善读书，恒久的读书，你会获得不一样的高度和广度，以及化腐朽为神奇的力量。

读书，
遇见更好的自己

　　我们为什么要读书？从小到大，这个问题困扰着每个孩子，包括成年人。

　　龙应台给儿子安德烈的一封信饱含着母亲对孩子的美好愿景——

　　"孩子，我要求你读书用功，不是因为我要你跟别人比成绩，而是因为，我希望你将来会拥有选择的权利。选择有意义、有时间的工作，而不是被迫谋生。当你的工作在心中有意义，你就有成就感。当你的工作给你时间，不剥夺你的生活，你就有尊严。成就感和尊严，会带给你快乐。"

　　这段文字比较理性地诠释了现代人对读书所寄托的终极理想状态。

　　学校的读书生活，基本囿于读书刷题——检测考试——升上高一级，再次读书刷题——再次检测考试——再次升上高一级……周而复始，循环往复。长达十二年，包括大学四年的校园读书生活，把读书的范畴局限于政府的统发教材，不管是语数英，还是生物化，五科、十科，沉甸甸的教科书完全侵占孩子的童年、少年、青年生活。

　　偶尔遇到一个有情怀、有人文性的老师，他因个人喜好跟学生推荐一些上乘的、优秀的名篇名作阅读。但对不起，老师，我的数学作业还没做完，我的物理试卷还没订正，我明天要小测的英语单词还没背巩固。周六周日有时间，我要去补习班强化强化，某某同学化学满分，我才考多少。暑假寒假终于空出时间来，没想到家里父母不放心，早早就帮我报了语数英培训班，或者乐器班、美术班，万一高考文化课考不好，还可以走艺术生报考道路。

老师，我很想跟你走进文学的殿堂，遨游名家名著的海洋，可我确实排不出时间，早上六点起床赶七点的早自习，晚上晚自习结束十点，十一二点准时睡觉已经相当有效率了。

"我生来是为了读书的。""读书是为了考试。""考好成绩是为了上一所好学校。""上一所好大学是为了找一份好工作。""有了好工作才能买房买车，有美好的生活"。逻辑完全没有错误。人生来不是为了受苦受难，过上好生活毋庸置疑。

读书的功利性，古人比我们更明确，"书中自有颜如玉""书中自有黄金屋"。读书为了考功名，考中秀才、举人、进士，从此草鸡变凤凰，"朝为田舍郎，暮登天子堂"，个人的命运，家族的荣耀都会发生天翻地覆的逆袭，由此古代读书人视读书为一辈子的事业，趋之若鹜，孜孜以求。"范进中举"，我们后人把它视为一代读书人的悲剧。

读书的功利性无可非议，确实许多人通过读书改变命运，尤其是偏远农村底层的小人物，无权无势无背景的农二代、贫二代，借助读书改变人生轨迹。那一年，麦子的《我奋斗了18年才和你坐在一起喝咖啡》，震撼了所有绝地反击，跻身大都市的农二代、贫二代。是的，如果没有读书，可能他们像自己的父辈、母辈一样躬耕南田，然后继续有农三代、贫三代。

但是，我这里要阐述的读书的范畴，可能与世俗认定的有所不同。

它已经跳脱出功利性的知识灌输与汲取，它是一种广泛、自由的阅读，不为明天的小测考试，不为各种升学考试，不为名目繁多的职位、职称考试，纯粹只为自己阅读。怡情怡心，随时阅读，欢喜阅读，想翻几页就几页，想看多久就多久，读过即忘也没关系，哪天想起拾起来再读也可以。用随心所欲来形容不为过。

我始终相信，我们读过的书都不会白读，它会在未来的日子的某一个时刻、某一个场合帮助我们，使我们表现得更出彩，更有内涵。

比如：大伙儿一块喝茶，喝到好茶，没读书的人说："好喝！真是好喝！"读过书的人咂咂嘴，眯起眼睛："此茶幽香如兰，口感饱满，持久回甘，确实茶中佳品！"

比如：一起出游，共赏夕阳西下，晚霞满天，美轮美奂，没读书的人赞："太美了！太美了！"腹中有点墨水的人就摇头晃脑吟诵："落霞与孤鹜齐飞，秋水共长天一色。"这种不同的观感，就是文学带给我们的心灵体验的差异。

当你心情低、愁绪怅满怀时，不是突然蹦出"蓝瘦""香菇"，而是"物是人非事事休，欲语泪先流。""花是花非花满地，人生何苦伤一回。""人间何事堪惆怅，莫向横塘问旧游。"这就是文化层次的差异。

有段精彩对答——"我读过很多书，但后来大部分都忘记了，你说这样的阅读究竟有什么意义？""当我还是孩子时，我吃过很多食物，现在已经记不起来吃过什么了。但可以肯定的是，它们中的一部分已经长成我的骨头和肉。"

确实，我们读过的书，其实早已融进我们的骨血里，只要一个触动点，随时随地会喷薄而出。

还有人困惑：女孩子上那么久的学，读那么多的书，最终还不是要

　　回到一座平凡的城市，打一份平常的工，嫁作人妇，洗衣煮饭，相夫教子，何苦折腾？

　　我想，我们读书的坚持，是为了最终就算跌入凡俗，掉进庸常，但同样的工作，却有不一样的心境；同样的家庭，却有不一样的情调；同样的后代，却有不一样的素养。读书的人，即使没有富庶的生活，却仍然拥有富庶的生命，饱满的智慧和无尽的情怀。一个有温度、有情感、懂情趣的人，拥书作伴，必定有一段无与伦比的精彩人生。

　　读书，是为了遇见更好的自己……

话外有话

　　腹有诗书气自华。是的，当有一天，你揽镜自照时，看见那个自信、优雅的人就是你自己。读书，是为了遇见更好的自己，遇见被书香熏陶起来的自己。

人生是条单行道

　　人生，永远是条单行道，只能前行，不能后退。即使荆棘缠绕，即使沙砾满地，也只能勇敢向前。但是，仁慈的上帝总会馈赠那些无所畏惧的人。

　　少年时，由于父亲突然病逝，从此家境中落，母亲肩上的担子骤然加重。我一直督促自己样样要做好：事情要做好，做人要做好，学习要考好，这样才能给母亲一点安慰。偶尔出点小纰漏，心底就懊悔得不得了，从来不敢跨越雷池半步。结果，在跌跌撞撞中一年一年过去，我倒是走得顺风顺水。偶尔累了，倦了，想偷懒松懈一下，马上有个声音响起来："你对得起……"于是偷懒的念头又立马收了回来。

　　就这样，中师三年毕业，我以优秀的成绩获得保送福师大的机会，这在同学当中是多大的荣耀啊！但我考虑到家庭的状况，踌躇思量了一星期，跑去陈忠厚校长家，告诉他：决定放弃保送。陈校长苦口婆心，委婉劝勉。可想而知，任何听到这个决定的人，马上会劝我回心转意：机会难得。你那么优秀，放弃了真是可惜，可以半工半读，可以借钱读书……

　　但那时，只要我一想起母亲在毒辣的太阳底下，挥汗如雨，肩挑手扛，矮小的身躯淹没在硕大的稻草堆里；一想起寒冬腊月，为了让来年的麦子长势好，单薄的母亲躲在背风的角落里，不眠不休地守着抽水机给麦田抽水；一想起母亲天没亮，就出门卖仙草粿，卖菜、卖水果，到月上梢头才揣着微薄的收入进门……我想，我实在没有足够的勇气，为了我个人的前途，漠视这一切，义无反顾地走我自己的路。虽然很多人劝阻我：四年时间很快的，撑一撑就过去了。但我担心母亲撑不住，受不了，等不到我毕业的时候，等不到我赚钱养家的时候。

那时心里缠绕一个念头：只要有个工作，有份工资，就可以减轻母亲的负担。后来母亲听说这事后也一直劝阻："孩子，别放弃机会。先上了大学再说。家里没事的，我多打几份工，困难总会过去的。"但十九岁的我去意已定，九头牛也拉不回。

就这样与心仪的大学擦肩而过，成为我心头的遗憾。后来，我于心不甘，整整用了十八年的时间，通过自学考试，取得了福师大专科、本科文凭，总算了却了多年的心愿。

其实，当时的我非常苦恼：上大学是我的愿望，一来证明三年中师没有白过，成绩足够优秀；二来再次深造，到大学开始新的生活，对我个人来说，有个更好的平台，将来有更好的发展。但我怎能无视母亲的辛劳呢？我怎能心无旁挂，安心学习呢？我苦恼了一周，失眠了一周，最后做出艰难的决定。看着光荣榜上学友的名字，我的眼泪默默往肚子里咽。

毕业，收拾完行李，我没有像舍友一样迫不及待地回家等待毕业分配，而是搭上往华安仙都的班车，打算去好友雪峦家静静心。父亲的早逝，家境的困窘，说内心话，没有怨言是假的。为什么生活待我不公，为什么我不能自由选择，为什么我没有一个更好的将来。但我又不能把这股坏情绪表达出来，因为没人逼迫我，连母亲也支持我，我为什么要勉强自己呢？为什么不能顺着天性去做自己喜欢的事呢？

我需要一个地方让我静一静。当时我已经没有退路了，只能往前走，既然放弃去福师大深造，只能选择去任何一所小学工作。如何走好这条路才是我今后的关键。我要平衡自己的情绪，才能接受新的生活。

在华安仙都待了一周。好友雪峦一直陪着我。道理都懂的，只是心里不顺畅。如果父亲还在世的话，如果每次交学费母亲不用粜米的话，再如果成绩不够优秀的话，就没有这些烦恼。雪峦劝慰我：人生没有如果，只有往前走，不管向左还是向右，都会走出一条属于自己的阳关大道。

这次逃离，可算是我平生第一次叛逆，没有按时回家，没有请告母亲，第一次对自己的家庭微词。原先以为自己是强大的，是坚不可摧的，眼泪是没有意义的。但那段时间，我的心碎成了一地，既对命运给予的而不平，又对未来的路感到茫然，何去何从，确实是个坎儿。

在华安仙都，青山绿树，溪水潺潺，山风习习，夕阳西下，老农牵着牛儿慢腾腾地踱着。日出而作，日落而息，乡村淳朴的民风，让我奔突狂乱的心脏渐渐安稳下来。随遇而安吧！往前走，走慢点，或许等待我的并不会很糟。

主意拿定，我马上打道回府。一进门，看到母亲那张满怀期待的，充满关切的脸，我的顾虑与愁闷一扫而光。是的，对与错从来都没有一个衡量标准的，只要你觉得值得，应该，所有的选择和付出都是正确的。

于是，我在小镇安身立命，工作、结婚。节假日携夫带子，跟母亲炒个菜，聊个天。相聚时间也不多，就在毕业十二年，母亲因病痛离我们而去。我再次承受丧亲的伤痛，整整半年，无法自拔。

　　随着时间的流逝，悲伤总会渐渐淡去，苦难也终将结束，所有的不幸都会随潮水慢慢隐退。如今，我心平气和地敲打文字，时过境迁，一切竟轻如烟云，虽然恍如昨日，但已如羽毛一般，蜻蜓点水，随风飘逝。其实得失一念之间，走好单行道，生活自然给我们一个很好的答复。

话外有话

　　人生是条单行道，人生没有回头路，既然选择了自己的路，就要坚持走下去。不是说"条条大路通罗马"吗？没有一条人生的路是可以复制的。你有你的一路繁花，我有我的绿荫满天。

拜访林语堂
故居有感

　　驱车一百多公里，只为一个名人而去。

　　下了高速，进入平和坂仔镇，抬头望去，四面环山。如果没有高速，只靠一条省道与外界相通，可想而知，一百多年前的交通，更是举步维艰。

　　如今的坂仔镇，商业气息浓厚，依溪而建的街道两边竖起楼房，上面居家，下层店铺经商。尤其当地的特产柚子给原住民带来了巨大的经济效益。接近林语堂故居，广告牌林立，竟然有条街取名语堂街，两边骑楼建筑，闽南风十足，门廊下成排的大红灯笼，无形中增添了浓烈的喜庆气氛。除了语堂街，还有语堂花溪、语堂小学。

　　车经过语堂街右拐到桥头，再左拐，不到五十米，一块开阔的埕地。下车，"林语堂故居"赫然在目。低矮简陋的围墙，可以看出修缮的痕迹，尤其门左侧端放的一组林语堂一家人的石雕，可见政府的重视程度，挖掘本地名人，以此为辐射，打造名人效应，盘活当地经济。沿着花溪蜿蜒而建的气派楼盘，巨大的房产广告牌成为小镇上最醒目的标志物，那把非常富有特色的"林语堂"式巨大无比的烟斗，足足翘起整个坂仔镇的经济。

是的，林语堂是坂仔人民的骄傲。自古以来多少代平和人甚至走不出平和，走不出漳州，更不用说走到全国、外国去。"语堂"标志，随处可见，坂仔镇因语堂从此被世界认知，这是一件多么荣耀的事情，对族人、乡里，包括政府。

进门穿过高大的凤凰树下，左边是"林语堂文学馆"，季羡林题的字。馆内辟有"山乡孩子、和乐童年""文学大师、文化巨匠""魂牵祖国、梦绕家乡""誉满全球、名垂千史"四个展厅，阶段性地展示林语堂一生的足迹以及毕生的成就。

在雨后黄昏弱暗的光线里，我找到了林语堂小时候读书的教室——铭新小学。空间逼仄、简陋，谁能想到在这个不起眼的小地方竟然造就了一个世界伟人。

林语堂，现代散文家、小说家。他于1936年去美国从事写作活动。抗日战争期间，他在国外利用自己的知名度，写文章宣传抗日，对中国人民抗日斗争起到了激励作用。这一时期创作的小说《京华烟云》，主人公就是抗战前线的人民、勇士。他因《京华烟云》一书被提名诺贝尔文学奖候选人。

20世纪60年代后期，林语堂用中文撰写发表了三百多篇文章，其间的作品大多收入《无所不谈合集》。曾先后出席国际大学校长协会、国际笔会大会等重要会议，被推举为国际笔会副会长。1972年，林语堂主编的《当代汉英词典》出版。

林语堂才华横溢，著作等身，一生写了《吾国与吾民》《京华烟云》《风声鹤唳》《生活的艺术》《剪拂集》《我的话》等60多本书，上千篇文章。《京华烟云》和《风声鹤唳》于20世纪末、21世纪初分别在海峡两岸被改编成电视连续剧。据不完全统计，世界上出版的各种不同版本的林语堂著作约 800 种，其中中文版 400 多种，外文版 300 多种。

林语堂的作品被翻译成英文、日文、法文、德文、葡萄牙文、西班牙文等 21 种文字，几乎囊括了世界上所有的语种，其读者遍布全球各地，影响极为广泛，在国际上享有文化使者的美誉。林语堂性格乐观、幽默，一生又提倡幽默闲适文章，有"幽默大师"之称。他为人类文化做出了杰出的贡献，是一位世界级的文化名人。

林语堂创造的成就誉满全球，首先要感谢的应该是他的父亲林至诚。

林至诚家穷，上不起学，最早在偏僻贫瘠的山村当挑夫小贩。但他知道知识的重要性，利用课余时间刻苦学习，后来进入神学院读书，毕业后到坂仔基督教堂做首任牧师，传教。他善于将《圣经》的真理和他所编的笑话结合起来，当地人立刻被他风趣的讲道所吸引，接受了福音。林语堂幽默的妙笔恐怕是受其父亲讲道风格的影响吧。

林至诚重视教育事业。当时，林至诚和来自教会的范礼文博士交情很深，他从范博士那里知道了很多当时世界的科学、文化知识，并深深陶醉其中。美国宣教士林乐知主编《通问报》，介绍基督信仰和当代西方科学、文化知识，林牧师成为她的忠实读者，几乎每期必看。对西学的"痴迷"，使林至诚牧师具有了当时中国乡下人所没有的放眼世界的眼光，他觉得必须让儿子接受西式教育，掌握现代科学、文化知识，才能适应时代的发展。1887 年，教会创办铭新小学，成为坂仔最早的新式学校。林语堂六岁在铭新小学就读，十岁时，才到厦门鼓浪屿养元小学读书。为了让儿子上学，他省吃俭用，甚至变卖家产，以筹得昂贵的学杂费。林至诚对新式教育的重视，对林语堂日后的成长产生了不可估量的作用。

林至诚具有超前的理念，他给孩子制定了一个宏大的人生目标：走出去，走向世界。林至诚对儿子说：世界最好的学校是德国柏林大学和英国牛津大学。他要儿子用功读书，将来能上那种学校。夜里他挑着床头的油灯，吸着旱烟，还常念叨个不停："语堂，你要到世界上最好的大学去，你要好好读书，你将来要争取成为一个世界上谁都知道的名人。"那时的林语堂，也信心十足地向父亲表态："我将来要写一本书，让全世界的人都知道我。"

在林语堂眼里，父亲林至诚是个梦想者，果敢而热心，富于想象，幽默诙谐，并且勇于进取、永不休止。个性独特的父亲作为林语堂的首位人生导师，培养了他放眼世界的眼光，以及对知识的炽热追求。"在造成今日的我之各种感染力中，要以我在童年和家庭所身受者为最大。我对于人生、文学与平民的观念，皆在此时期得受最深刻的感染力。"可见，父亲林至诚，对林语堂的信仰追求、人格塑造方面产生了深远影响，也为他后来驰骋文坛奠下了基石。

林语堂，一代文化大师，以"两脚踏中西文化，一心评宇宙文章"闻名于世，其文学成就在国际上代表了中国文化的高度。这种中西文化融合的先驱者与其说是林语堂，还不如说是他的父亲林至诚。

一个重视教育重视知识的家庭，是成就一个孩子美好未来的摇篮。一个富有远见、卓越超群的父亲，足足影响到一个孩子的人生轨迹和人生成就。王羲之的"十八缸水"，打磨出著名书法家王献之；梅兰芳尊重孩子，顺性教子，大儿子梅葆琛是建筑师，二儿子梅绍武是翻译家，女儿梅葆玥先是当大学老师，后来成为京剧演员，小儿子梅葆玖具艺术家潜质，成为表演艺术家；宋嘉树一生育有六个子女，三个女儿宋霭龄、宋庆龄、宋美龄在中国近代史上有着特殊的地位，源于宋嘉树教子秉持

"男女平等""敢为天下先"，在三个女儿十来岁时就送到美国接受西方教育；傅雷的严格家教，成就了傅聪的音乐成就……

　　暮色四合，我缓缓走出"林语堂故居"，夏日阵雨后的坂仔镇，散发着一种乡村独有的宁静与秀美，埕院前的小溪清冽澄澈，哗啦啦地自西向东流淌，倘若遇到巨石则绕个弯打个卷，依然泼辣辣地往前赶——远方、远方、远方……

话外有话

　　一个重视教育、重视知识的家庭，是成就一个孩子美好未来的摇篮。一种良好的、富有梦想的家庭教育，是培养一个孩子走向理想、走向未来的最重要学堂。

附录

风波

燕燕急冲冲地走到签到簿前，瞥了一下西墙上那面陈旧的挂钟，写着"7：45"。正好，不早也不晚，后面还有一大排空格。燕燕自认为是个守时严谨的人，早了来不了，晚了影响不好。

早上 6:00，闹钟"丁零零"响着，燕燕踉踉跄跄地爬起床，边揉眼睛，边熬稀饭，烧开水，煎鸡蛋。6：15，儿子紧踩着第二遍"丁零零"的钟响，也起来刷牙洗脸。6：30，简单而又有营养的早餐摆上饭桌，儿子自个儿吃饭。趁他吃饭间隙，燕燕晾衣服，衣服是昨晚洗好搁在洗衣机的甩干桶里。然后扫地，准备儿子的凉开水、点心杯、上学的衣服。7：00，衣装整洁的儿子被丈夫载去上学。燕燕骑着自行车到菜市场买菜，回来扒碗稀饭，抹点玉兰油美白霜，涂上口红，扯扯衣服，7：40 准时出门，骑摩托车到学校五分钟的路。

周一到周五，燕燕每天早上都踩着钟点上班，一秒也不差。偶尔睡迟了，或者儿子、丈夫生病，燕燕便省掉吃早饭或买菜的环节，反正学校有课间餐，中午大不了吃快餐，但出门前的玉兰油和口红却必不可少。

燕燕签完字，走到自己的办公桌，搁下皮包，打算利用早自习时间整理昨天没填完的"两基"报表。她今天是上第二节课，所以不用着急，课文昨晚已经带回去备好了。

　　"燕燕，来一下。"庄校长站在门口，朝燕燕喊了一声。她心里一烦，放下刚拿起来的表格，计划好的事情又泡汤了，早知道昨晚就顺便把表格带回去填，不知明天还能不能按时交上去？燕燕心里嘀咕着，三两步已来到庄校长的身边。两人避开进进出出的老师，来到走廊的末端。

　　庄校长咳了几声，似乎有口痰在他的喉管间不安分地捣乱，他却强要把它压下去。他一脸严肃，全没有往常与燕燕交谈时的笑容。燕燕静静地等着。

　　庄校长有气无力地说："昨天晚上九点，学区楚校长打电话来，责令我们今天无论如何把前进的功课换掉，找个老师顶。"

　　燕燕一听，气就不打一处："不想教就走人，都这种时候了，找谁顶？说得倒轻巧。"她一想到那张密密麻麻的功课表，头都胀大了。

　　每年九月开学，燕燕的大皮包里不仅装着新发的教科书，还装着全校二十二班的功课表。全校总共有一千二百来个学生，每班学生数都在五十人以上。每班一周三十节课，全校三十九个老师，一个教师平摊也近二十节。燕燕这个教务主任可难做了。按照教委的教师核编数，每班 35 人合 1.35 个教师，然后每增加 5 生算 0.1 个教师，照这样推算，青峰小学应该配备三十八个公办教师，由于财政困难，人员紧张，只有三十二个人，七人还是代课教师，学区每月发二百元工资。

　　燕燕每年编排功课时，总是伤透脑筋，学校有一些不成文的规定：校长、教务主任、财务、校总辅导员、老教师、病号、毕业班老师等，由于种种原因，课时要尽量少一点，无形当中多出来的功课要摊给其他老师，因此大家压力都挺大的。每每这时候，燕燕总是能考虑的就尽量考虑周全，学科相互搭配，并且兼顾教师的特长，总不能叫一个音盲的老师教音乐，让一个年衰体弱的老师教体育，分配的课时尽量均衡，想妥一切，才连夜奋战几个夜晚，以最快速度把功课表发到教师手中。

以前老教导总是开学两周只上语数课，等功课表发给老师才按功课表编排上课。自燕燕接手以后，这等好事就没有了，顶多一星期就安排就绪。全校教师都暗暗称奇：白天燕燕照常揽着个班上课，晚上加班，可她天天精神焕发，丝毫没有倦态。连不轻易认可谁的庄校长，在教师大会上也频频赞扬她出色的才能。

今年两位老教师退休，且是在期中阶段，本来就紧张的人事更加捉襟见肘了，代课老师一时半刻无法落实。于是自然而然地想起了前进老师，要不要让他担任主科教学？

说到这个前进老师，话就长了。他非常喜欢美术，有着一股艺术家的放荡不羁。他不喜欢教书，整天在外做广告牌、搞装修，挣了不少钱。可钱来得快，去得也快。他好赌博，一晚输赢上万元是常事。前进赌技高，赢的多输的少，照说也积了不少钱，可他交游甚广，不是上酒家，就是洗桑拿，钱就这样流掉了。四十大几的，还孤身一人。以前也让他教语文，因为他三天打鱼两天晒网，带出来的班级考试成绩都在学区末位，领导们索性让他发挥特长。可多年过去，青峰小学一个美术人才也没有出世。

教师们心里不平衡了：每位老师不仅要教语文、数学，还要教思品、自然、体育、音乐、社会、劳动等好几个学科，平均一人扛着四五个科目，老师们自嘲自己是无所不能的"万金油"。教学任务重倒不要紧，期末考试考及格了领个三五十元的奖金，万一考不及格反被罚，心里那个气呀简直无处撒。他前进倒好，在外面花天酒地不说，学校工资、福利一分也没少拿，乐得清闲，你说大家不眼红才怪，背后说什么的都有，害得庄校长上也不得，下也不得。他向上面反映了十几年，学区校长换了好几茬，可领导们却不管事，做大好人：由着他吧。领导都放出风声了，庄校长能怎么样。

临开学，庄校长就跑到学区反映学校师资困难，要求分配人员。楚校长沉思良久，下了很大决心：再让前进任语文教学吧，以后有变动，再调整下来。功课先安排下去，我负责做他的思想工作。

庄校长吃了定心丸，回来马上叫燕燕编排课务。前进被安排去担任四年级（3）班语文老师，免掉一切技能科，一周九节课。巧妇难为无米之炊。燕燕扣掉要照顾的对象，前前后后、方方面面思量妥当，最多的课时达到二十一节。燕燕揉着胀痛的太阳穴，百般无奈。她心里感叹：如果我是教委主任，多给几个名额，不就容易多了。还是钱害事，没钱办不了好教育。

燕燕此时听庄校长一提，整个头脑乱七八糟的，找谁顶？庄校长全没有了平时的威风，愁眉苦脸地说："我也这么跟他说，他说他不管，他还说，实在没人就要让我上。"说到这里，庄校长似乎触到了他暗处的伤疤，脸色泛红，语气激烈："叫我顶，岂有此理？我这个校长还要当吗？他前进一天到晚在外溜荡，一星期才来签一次名，领的钱少吗？我要管他，有人给他撑着腰，我这当校长的一点人事权都没有。现在叫我去收拾他的烂摊子，甭想！大不了不当校长罢了……"

燕燕同情地望着他，比起他，自己的烦恼好像小了许多。作为一个上千人学校的法人代表，既要管学生，又要管教师，心都要操碎了。想想庄校长也不容易，他原本是一个代课教师。后来上师范函授镀金，转为公办教师，后来当上教务主任，再后来，坐上校长交椅，三十年来，一路披肝沥胆，怪不得五十岁的人已经满头白发。

"就让秀秀去吧！"燕燕想：顶多再浪费几个夜晚的休息时间。秀秀是新来的代课教师，来接替退休教师的功课。两周前，燕燕刚刚花了两个晚上的时间调整了课务。

庄校长大概也这样想，急火火地叫来秀秀，刚开了个口，秀秀连忙摆手："我可不会教，以前我只教数学。叫别人吧。"庄校长和燕燕耐心地给她作思想工作，叫她委屈一下，等人事松动了再调整过来。秀秀态度坚决，说到最后，眼眶都红了，如果再坚持下去，汹涌的泪水恐怕就奔腾而出了。

燕燕脸色不好看了。刚才本着互相配合的原则好言相劝，其他老师已经上了两个月的课，换谁都不合适，而你新来乍到，教哪班哪学科，学校有这个调整的权利，要不随着大家的性，岂不乱套？

庄校长察觉到燕燕的不悦，挤出几丝笑脸："秀秀，你回去再想想吧，学校也有难处，你就将就一下吧。"秀秀答应考虑后再做决定。这位新结婚的年轻女子，柔弱的外表下并不软弱。

燕燕移开目光，向操场望去，那排依着围墙根而种的芒果树，郁郁葱葱，果子是没有了，但叶子很养眼。她深深地、深深地吸了一口气，仿佛嗅到了一缕芒果的清香，香味直钻进她的肺叶里头。

"当——当当、当——当当、当——当当……"第一节上课的时间到了，老师们陆陆续续地夹着教科书和教具向各自的教室走去。

燕燕从走廊走回办公室，她还惦记着那几张表格。

忽然，校门口进来了一个人、两个人、三个人……谁？燕燕顿脚凝视，都不认识。庄校长眉头紧蹙，狠狠吸了最后一口，恨恨地扔出烟头："家长来了！"燕燕想：是祸躲不过，该来的迟早会来的。

庄校长赔着笑脸把家长迎进行政室，本来窄小的空间更加满当了。庄校长点头哈腰，一一散发香烟和矿泉水，想缓解家长们的愤懑。可来者不善，并不买他的账。为首的一个虎背熊腰的高挑汉子，一屁股坐上办公桌，那张办公桌是庄校长的。他冲着校长亮开嗓门："你到底要不要换老师？"

庄校长打着圆场："我刚跟教务主任商量着呢，给我一点时间，换个功课也不是件容易的事。"

汉子一听这话，气冲冲地跳下来，竖着中指劈向庄校长："你这校长，一星期前叫你换老师，到现在还在商量。两个月都过去了，等你商量好，我儿子就不用读了。今天无论如何，你要给大家一个准信。"汉子的话犹如往干烈的柴堆里撒入一把火种，熊熊燃烧了起来，几十位家长你一言、我一语地指责起了庄校长和前进。

燕燕心里清楚：两个月过去了，四年级（3）班的语文只教了两篇课文。前进有时一天来晃一次，有时一星期来一趟，把五天的名签完又不见影儿了。学生闲得发乐，可愁坏了家长们：这怎么了得，你一个月轻轻松松领个八九百元，可我儿子一个字都不识，简直在误人子弟呀！

庄校长被众人猛指责了一通，咬咬牙："这样吧，这件事我也处理不来，你们跟学区校长说吧。"他把楚校长的手机号码报给他们。汉子抓起手机，向楚校长下最后的通牒："要不要处理？不处理我请报社记者来！"楚校长答应马上赶来。

燕燕听到记者要来，大吃一惊：怎么，洞要捅大了？她隐隐约约嗅到了雷阵雨前的硝烟味，但她转而又幸灾乐祸，捅大了才好收拾，与其半死不活地拖着，不如快刀斩乱麻来得痛快。

9:30，第二节上课的时间到了。燕燕扔下他们，径自上课去。途中，记者来了。燕燕心里一咯噔，看来不是说着玩的。那汉子真狠！怎么办？迎上去？燕燕顿脚略一踌躇，可我这小小的教务主任算什么？万一搞不好，反而惹出麻烦来，那不是更糟。随即又想，管他的，反正有庄校长、楚校长扛着。燕燕按功课表给学生上两节作文课，期间她有点心不在焉，孩子们不时指出几个小小的纰漏，使她充满了歉意。

第二节下课，课间十分钟休息，燕燕走到走廊，发现对面教学楼四年级（3）班的教室门口挤满了人，一人扛着摄像机不停忙着，另外两人可能在询问孩子，不时低头往笔记本上记着。孩子们几时见过这等场面，都兴奋得如皮猴一样欢蹦乱跳。燕燕忧虑重重、满腹心事。等下班的时候，校长、家长、记者已经不在了。

下班回到家，燕燕边炒菜，边向丈夫报告新闻，今天报社记者来吓唬人了，听说拍了照，录了像。丈夫不以为然：小地方记者有啥用？燕燕想想也是，这年头，扛着记者头衔唬人的可不少，你看"焦点访谈"暴露的问题一个比一个严重，可事情完了，还不是照样干他的事，官一个也没撤。

第二天中午，燕燕吃饭的时候，突然瞪着电视屏幕，一把抓过丈夫的手臂："你看你看！"

青州电视台新闻联播：青州市全通县青峰小学，一名教师常年旷课，遭到家长们集体投诉。以下出现了几个采访画面，有的是燕燕很熟悉的，毕竟那是她生活了十几年的学校；有的很陌生，可能是燕燕上课的时候，记者拍摄的，不断切换的画面，搅得燕燕脑袋如乱麻一团。

镜头一：

记者：听说你经常旷课。

前进：我有慢性肾病，常年需要靠药物维持。

记者：为什么你不向上级反映，请长期病假。

前进：我时好时坏，好的时候我就来上课，生病的时候只能休息了。

……

镜头二：

记者：你们语文老师来上课吗？

孩子：有时来，有时不来。

记者：你们喜欢他吗？

孩子：喜欢。

不喜欢。

……

镜头三：几十几位家长一溜烟蹲在芒果树下，一言不发，连那位气势汹汹的汉子也闭着嘴巴瞅着镜头。

镜头四：一行字幕："面对一位侃侃而谈、善于狡辩的老师，面朝黄土、背朝天的老实巴交的农民能说什么呢？"

燕燕搁下饭碗，一点胃口都没有了。事情真的闹大了。

下午到校，办公室里异常热闹。有几位老师可能也收看了电视新闻，正绘声绘色地说得激动；错过节目的老师则迫不及待地穷追猛问，生怕漏掉一点蛛丝马迹。燕燕走过人群，竟没有谁发现，也可能看见了无暇理睬她，或者出于某种心理，故意不搭理她。

燕燕默不作声地站了一会儿，瞥了一眼挂钟，那面钟太旧了，钟面的玻璃透出斑驳的痕迹，幸好戴了近视镜，否则看不清楚。哎，庄校长太节俭了，什么时候跟他说下换面钟吧。写字课时间过了五分钟了，当天的值日老师却忘了，所有的老师只顾谈论着，没有谁想起要敲钟。突然，燕燕心中一阵释然，忘了就忘了呗，乱就让它乱个透顶吧。

三点钟，平时紧闭的校门口的那扇大铁门"吱呀吱呀"地拉开了。一辆银灰色的广州本田和一辆墨绿色的桑塔纳2000相随而进，停在了芒果树下，浓密的树荫刚好罩住车身，削弱了车身被阳光折射出来了的光芒。车门打开，开始下人，一共下来了十个人。市教育局、镇里分管文教的领导、学区领导都来了。

庄校长三步并作两步迎上去，满脸笑容，一一散发香烟，可这群人对他的热情熟视无睹，涵养足的点下头，接过香烟，走在最前面的几个人连瞧他一眼都不瞧，径直大步流星地上楼，进了行政室。

"燕燕，来一下。"庄校长在办公室门口探了一下头，马上缩回去。

燕燕磨磨蹭蹭地把桌上的文件、表格塞进抽屉，她感觉有无数双探询、猜疑、好奇的眼光射中背后。燕燕背部一挺，神色自若地走出办公室。

学区楚校长简单做了介绍，来头都不小：市教委的洪副主任，人事科的郭科长，镇里分管文教的李副镇长，还有学区正副校长都到齐了。燕燕边微笑点头边往墙根退，行政室不多的椅子坐得满满当当的，她和庄校长并排站着。

洪副主任坐在行政室那张唯一的单人黑色真皮沙发上，眯着不大的眼睛盯着庄校长和燕燕，神色威严地说："庄校长，你详细地汇报一下吧！"坐在旁边的郭科长马上从公文包里掏出笔记本，摆开架势。

庄校长垂着两手，声音低沉："前进老师的问题说来话长，早在十五年前，我刚接任校长的时候，就向学区反映过，后来学区校长换了好几茬，都不了了之。"

"这个你不用说，你直接讲那天电视台记者采访的事。"洪副主任紧皱眉头，不耐烦地一挥手，打断庄校长的话。庄校长张了张嘴巴，停了好一会儿，又接下去说："那天，电视台记者来之前，我已跟教务主任商量把前进老师的课务换下，家长来之后，我劝阻不听，他们向学区打电话要求给个口信。可是学区人员一个都没来，等了将近一个多小时，家长给电视台打了电话。半小时后，记者们就来了。"

"当时你有没有在场？"洪副主任紧追一句。

庄校长使劲咽了下口水，燕燕听见"咕噜"一声，好像一只青蛙从庄校长的喉咙里头跳了下去。庄校长摇了摇头："记者来的时候，我走了。"

"你为什么要走？"

"我想……学区人员不在场，我如果正面接受采访，实话实说，伤了谁都不好。我以为家长们也只是吓唬吓唬人……"

"以为？你以为什么？干脆撤了你！"洪副主任面色酱紫，脖子上的青筋根根暴涨。他一把扯开领口的领带，猛地站立起来，带翻了沙发扶手上的矿泉水。矿泉水的盖子本就没有拧紧，这一下，水洒了遍地。洪副主任不管不顾，叉着腰，右手的中指像一把扣上扳机的手枪直指庄校长："我们都被你害惨了！中午领导发怒了。这几年，领导殚精竭虑，力创青州品牌教育，他花了多少心血和财力啊！你知不知道，电视台这么一捅，是青州教育史上的一大耻辱。你是在给青州教育抹黑，是在往领导脸上抹黑……"洪副主任越说越激动，本来伸直的手指不知什么时候已经缩回去，和其他四个肥胖的手指攥在一块，紧握成一颗随时都会爆炸的拳头。"领导中午听说了，那盘录像带要送到省台。到那时，看这烂摊子怎么收拾？"

燕燕有点担心，洪副主任的拳头会不会落到庄校长的身上？一米七五的庄校长本来挺直的身子佝偻了许多，衬衫领子被突起的背部拱起来，干瘦的脸上红一阵白一阵，最后只剩下死鱼般的青灰，嘴角不时抽动着，似有千言万语，但总被洪副主任挥舞的拳头给鼓捣回去。

　　燕燕心头一酸：论年纪，庄校长可做她的父亲；论工作，平时不管他对教师多么严苛，多么粗暴，可对燕燕还是很尊重。虽然偶尔妒忌她年轻能干，曾不露痕迹地刁难，但总体上还是相安无事。如今，出了这样的事，燕燕想，该帮他说话还得帮他。

　　"洪副主任！"燕燕的嗓音一如既往的清脆结实，被一把怒火烧得不可遏止的洪副主任突地一怔，停下了他那些慷慨激昂的话语，睁着一双疯狗般挑衅的眼睛瞪着她。燕燕不甘示弱，她又不靠谁赏脸提拔，全凭自己的真本事，才不怕谁呢？

　　"洪副主任，请听我说几句吧！众所周知，前进老师遗留十几年的历史问题现在要由庄校长一人承担，未免太不公平。学校不仅多次给他做思想工作，还尽量安排最少的课务给他，考虑到他晚睡晚起，每天的功课都给他排在 9:30 的第二节课，也不要求他坐班、备课改作业，一周只让他上九节课。能考虑的都为他考虑到了，可事情完全出乎我们意料。庄校长自开学就一直向学区反映，前天晚上还叫我们赶快换个人顶上，可安排个功课哪有那么快？如今管理体制也太落后了，早应该有竞争，应聘上岗，能者上，劣者下，吃大锅饭迟早要把教育搞垮的。"

　　庄校长似乎抓到一根救命的稻草，他紧跟着说道："如果我有人事调配自主权，前进我早就叫他下岗了，今天就不会让大家丢这么大的丑。"

　　"你们还在狡辩，死到临头都不知道。我已经调查过了，你们有六大罪责：一、今年不应该安排他担任主科，理应如往年一样让他教技能科；二、发现他经常旷课没有及时上报，人事科出勤记录，前进天天满勤；三、家长闹事时没有及时采取应对措施，马上撤下他，另派一个人顶课；四、电视台记者来了，你们临阵逃脱，任由记者如入无人之境；

五、记者采访拍摄后，没能及时拦下录像带，以至媒体当即曝光；六、这青州教育史上的大耻辱，你们是罪魁祸首，可你们还振振有词，互相掩饰，开脱罪责。"

这"一、二、三、四……"六大罪状像六颗重磅炸弹呼啸而来，在燕燕的体内爆炸了。这是什么天理？她不由得愤怒起来，声调陡高，和洪副主任争辩了起来。不是如洪副主任所言的想"洗刷罪名"，的确是实在受不了这股冤枉气。工作中，他历来勤勤恳恳，任劳任怨，为学校做牛做马，上班归上班，连下班、双休日也都卖给学校。从来没有多要过一分加班费，从来没有多要一回荣誉或者奖励。不说远的，挂在办公室墙壁上的那几块"文明单位""先进集体"的牌匾，不都也有她的心血？三十几个老师、一千多个学生的教务教学不是她一手从千头万绪中梳理出来的？你这当领导的，不分黑红皂白，不辨是非，硬将人一棒打死，那还有理吗？燕燕心里的怒气，现在只能化作愤懑的话语宣泄出来。她可不像庄校长，平时对教师霸道无理，对领导却唯唯诺诺。平日严谨正规的燕燕从心里头冒出这么多话来，把自己都吓了一大跳。反正我豁出去了，有理走遍天下。

正当燕燕与洪副主任僵持不下，楚校长一声断喝："好了，出这等大事，你们还有闲心在这吵？先把四年级（3）班的语文课安排一下，再写份检查交到学区来。"

十几个人鱼贯而出，坐上小车。小车缓缓驶出大门，向左拐去，慢慢消失在灰蒙蒙的暮色中……

燕燕看了下腕表：18：00。

庄校长急匆匆地召集全校教师开会。夜色越来越浓了，本来偌大的办公室显得逼仄、狭窄。没有人愿意去将灯打开，气氛一反往常的压抑和沉重。谁都神色凝重，一声不吭，面无表情。偶尔有椅子挪动，声音突兀尖锐，落进每个人耳朵里时都像炸雷一样震耳欲聋……

"大家都看到了，对于所发生的一切，我就不多说了。今晚，我们无论如何要安排个老师去顶四年级（3）班的语文，大家表个态吧！"

所有的目光都投向了秀秀。秀秀坐不住了："我只会教数学，我只会教数学。"她语无伦次地重复着这句话，到最后眼泪似乎要流出来了。庄校长叹了口气，道："这样吧，除了毕业班外，一到五年级所有数学老师来抽签，谁抽到谁去。"

妈呀，这是哪门子的理啊？年轻气盛的老师们都喊叫起来。年老的则三个一群，两个一伙地凑在一起嘀嘀咕咕。青峰小学几十年来从没出过这样的怪事，课务安排一般由学校安排，虽然有这些那些不尽如人意的地方，众口难调，但学校大体上也会照顾到个别特殊情况，教师基本上都能接受学校的安排，克服一些困难。现在怎么变得如此"民主"呢？

燕燕想：庄校长可能刚才被骂昏了头。其实秀秀初来乍到，让她去教四年级（3）班最合适不过的。换个学科并没什么，边教边学嘛，大家还不是这样挨过来的。她挺身而出，把自己的想法和盘托出。若在以往，燕燕一般不会拂校长的意，他说怎样就怎样，顶多私底下提提意见罢了。经历了下午那场"恶战"，燕燕仿佛换了个人，更毫无顾忌，更理直气壮。

可庄校长说：还是抽签吧！

忽然旁边一个老教师扯扯燕燕的衣角，燕燕低头，听到她悄声道："你不知道吗？秀秀是陈亮的外甥女。"陈亮是青峰村的村长，难怪庄校长都火烧眉毛了，还这么祖护着她。

燕燕不管了，课务安排不好是她的失职。不管上头罪名几条，作为教务主任，她有责任，也有权力插手这件事，再拖下去，只会越闹越大。

"庄校长，抽签不公平。我们什么时候用这种不明智的办法安排课务了？转学科不是什么难事，关键是态度问题。如今出了这么大的事，下午的罪名我也领教了，我可不想再引火烧身。今晚，无论如何得把人事定下。晚上我加班，明天让四年级（3）班的语文课有人上。再拖下去，对我们所有人都没好处。你不要再护着谁了，现在你要考虑的是你自己，除了你自己，谁也救不了你啊。"

庄校长喃喃道："我并没有护着谁？我并不需要谁来救我？"

时针一秒一秒地移动着，燕燕瞥了一眼挂钟：19：40。不知道儿子吃饭了没有？作业做了没有？下午只顾上忙，都忘了打个电话回去。

"到底要怎样？总得拿个主意出来，都不回家是吧？"不知谁恼怒地嚷了一句，教师们哄地一下都躁动了起来……

"这样吧，秀秀回去再考虑考虑，意下如何再打个电话给我。为防意外，一至五年级的数学老师先抽个签，作好准备。秀秀答应了，就作废；要不，明天就由抽到签的人先顶上。"庄校长终于咬咬牙，决定了。他做了十几个纸团，扔在一个掉了柄的茶杯里，摇了摇，"砰"地蹾在办公桌上："大家来抽吧！"

一至五年级的数学老师们嘟嘟嚷嚷地一人摸出一个。"哎呀，我中标了！"五年级（4）班的上官老师带着哭腔叫道。其余的老师则兴高采烈地欢呼起来，随即又对上官老师报以安慰的目光，说些无关痛痒的宽心话。

20：30，教师们陆陆续续离开学校。一路上可见到人家的屋子里头一派亮堂，家家户户的电视都开得热烈非凡。他们是热闹的，我们是落寞的。燕燕骑着摩托车，打开大灯，慢腾腾地走着，生怕自己的近视眼，被路上的石头或者窨井给磕个头破血流。

到家了，燕燕潦草地扒了碗稀饭。询问过儿子后，燕燕有气无力地窝在沙发上，连向丈夫发发牢骚的劲头都没有。她搞不懂，本来很明朗的一件事情，怎会变得越来越难以捉摸。她真的感到无所适从。

庄校长来了电话，说：秀秀答应了。

22 :00。燕燕习惯性地看了下腕表，她打开电脑，埋头做起事来……夜越来越静，台灯越来越亮，打印完最后一张功课表，时针已经指在零点了。燕燕摘下眼镜，揉揉酸痛的眼睛，望了眼床上的丈夫和儿子：他们睡得多安稳啊！

燕燕叹了口气，打起精神整理好琐碎的东西，然后抽出一本记录纸。检查？我要做什么检查？我已经做得够好的了，我问心无愧。她一气，扔下笔，去冲澡，上床躺下。她闭着眼睛，可千头万绪却涌上心头，挤得心里头难受极了。她百感交集，权衡利弊：写就写呗，多一事不如少一事。她打心眼里渴望这件事早早结束。燕燕爬起来，如此一折腾，已经是深夜一点多了。她深深地吸了口气，在雪白的记录纸上奋笔疾书——

检讨书

尊敬的上级领导同志：

青峰小学由于张前进老师的失职，而被媒体曝光，给青州教育抹黑。我作为学校教务主任，深感惭愧和不安，现作深刻的自我检讨：

一、学校人事再紧张，也不能安排张前进老师担任语文科教学。此人劣迹斑斑，明知不可为而为之，导致事端的发生；

二、当领导要求紧急调换课务时，力度不够，导致事态进一步扩展；

三、电视台记者来采访，没有及时拦截，照常上课，导致事态恶化；

四、上级领导下来调查，还自不量力，与之顶撞，实属不该；

凡此种种，我自认为自己是一个不称职的教务主任，在此表示深深的歉意，并作自我检讨。

检讨人：陈燕燕

2003 年 11 月 15 日

燕燕将检讨书折好，放进皮包里。夜里两点了，该睡觉了。

第二天，燕燕提早了十分钟到校，找到秀秀，把教科书、课程表移交给她，并作了简单的说明。其他几个被调整到课程的老师，燕燕也分别一一交代清楚。然后她找人代课，和庄校长一道到学区去。

楚校长神情严肃地看完他们两人的检讨，说："不但你们做检讨，连我，市教委正、副主任都要写检查。出了这等大事，谁也逃脱不了责任啊！"楚校长停顿了一下，接着若有所思地说："下午三点到学区开会。"

下午一跨进会场，燕燕心头一凛：来的人可真多呀！她找到青峰小学的位置，发现庄校长早到了。燕燕问："庄校长，开什么会？"庄校长摇了摇头："我也不清楚，可能要布置什么工作吧，今天全学区所有行政人员都到齐了。"燕燕想：有什么大事，值得这么兴师动众？

三点整，会场的侧门进来一溜人，燕燕一打量，昨天到过学校的人都来了，洪副主任、郭科长、黄科长、副镇长、楚校长，他们四平八稳地次第坐开。会场旋即安静下来。

楚校长对着麦克风，咳了一下，慢条斯理地说："今天，召集全学区行政人员大会，目的之一是关于青峰小学媒体曝光事件，经市教委研究决定，作出几项决定。现在由市人事科郭科长宣读文件。"

会场一阵骚动。

人事科郭科长大概五十多岁，可能过度脑力劳动的缘故，脑门有点秃。他拿出一份文件，读道："青州市全通县青峰小学由于学校领导管理不力，出现个别教师常年旷课，引发了家长群体投诉，媒体曝光，造成极恶劣的负面影响。经市教委决定，撤销青峰小学庄天明校长职务，撤消青峰小学陈燕燕教务主任职务。望所有行政人员引以为鉴。"

不会吧？尽管早有思想准备，燕燕还是大吃一惊，事情的发展完全超乎她的想象。而坐在一旁的庄校长更是难以承受这个惨痛的事实，他的双手剧烈地颤抖着，他不得不腾出一只手去紧紧握住另一只手，仿佛不这样抓住，这辈子所有的东西就会在一瞬间全都溜走了……是啊，一个为教育贡献三十多年，当领导也当了二十多年的人，这个不大却实惠的职务已经渐渐化成一件披在身上的铠甲，不能脱，不敢脱，更舍不得脱。这个处决简直是要了他的命！

燕燕担忧地看着庄校长那双长满老年斑的、青筋暴突的手，内心的悲哀不可遏制地弥漫上来。

燕燕往前挪了挪坐得麻痛的屁股，背部却挺得更加笔直、挺拔，她将手交叉着搁到桌上，嘴角浮泛起一丝嘲讽的微笑。她知道，今天两百多号人专门来开他们的批斗会，他们一定都在期待着看他们两人的笑话。多么刻骨铭心的时刻啊！

燕燕的心里突然涌上来一阵后悔。是的，后悔。早在一年前，丈夫就劝她辞掉行政职务，安心教书，安心教自己的儿子。以燕燕的能力，带一个班级，并能教出好成绩绰绰有余。可燕燕不甘心，她总觉得自己有满腹经纶，满腔热血，需要一个宽广的平台去展示，去获取应有的价值。她默默工作了十五年，担任教务主任也近十个年头了，获得的荣誉不计其数，年纪轻轻就评上了高级教师。说实在话，燕燕很珍惜这些耀眼的殊荣，她甚至幻想着踏上更高的巅峰。所以一年前，当丈夫劝她辞职时，她只是安抚丈夫：我会把所有事情都调理得很好的。

此时此刻，燕燕深深地后悔啊，命运跟她开了一个天大的玩笑。全身心扑在教育上的燕燕，从不计较个人得失的燕燕，好强、上进、大公无私的燕燕，被无辜地一脚踢出了局。她感到冤屈，她感到愤怒，她想申辩，她想抗议……最终，她选择了泰然处之。直到会议结束，燕燕始终神色自若，保持着淡淡的微笑。因为她知道，不管从前还是现在，对这件事情，她始终问心无愧。甚至可以说，对整个教育，她燕燕也算仁至义尽了。能够理解的，一定能支持她；不能理解的，只会幸灾乐祸。既然她没有做什么有愧于心之事，她又何必解释呢？

洪副主任把昨天在青峰小学的那套话又照搬了一遍，只是补充了一些后来发生的事。听说市电视台将那天的采访播放后，马上把录像带送上省台。教委主任费了九牛二虎之力，不惜一切代价将之拦下，才化险为夷。燕燕是无法感受到那种惊心动魄的生死时速了，现在，她漠视离自身遥远的事物，只关心跟自己有关的东西。

又是18:00，燕燕回到家。她耐心地洗菜、切菜，搭配颜色，像烹调书上讲的那样，慢工出细活地炒出好几盘色、香、味俱佳的菜。她想：如果让我当厨师，我也能做个好厨师。然后，一家人围坐吃饭，燕燕丝毫不提下午的事，她对丈夫说：以后我天天给你们做好吃的。丈夫察觉到什么似的偷眼瞧她一眼，儿子却已经高声欢呼起来：耶！我爱吃妈妈做的菜……

是闲下来的时候了。燕燕洗完澡，端出一个透明的玻璃碗，打了个鸡蛋，倒进一点蛋青、一点蜂蜜、一点珍珠粉，再将它们细细地搅和。带着一脸粘粘稠稠的糊状物，她静静地躺在休闲椅上，刚开始时觉得整张脸绷得紧紧的，不很舒服，过了二十分钟以后，她到洗脸盆里去冲洗一番，骤地一股清凉、滑腻、彻底轻松般的感觉便弥漫全身。这种简单的家庭美容，燕燕已经好久没做过了。

燕燕重新躺回休闲椅上，闭上眼睛，像是陷入了对往事的沉思，或者她什么都不想，只是保持着一种放松的姿势。

突然，"砰"的一声——什么东西掉了？她睁开眼，发现儿子正在她的书桌边玩着，脚边躺着一个鲜红的本子。"妈妈，这是你的吗？我不小心弄掉了。"儿子将那个本子捡到她的面前。燕燕一看："全国先进工作者"。

高大的书架上，一溜摆着各种各样的荣誉证书，有的豪华，有的朴素，但无一例外地披着大红的外衣，像一个个刚进门的新嫁娘。燕燕将被儿子撞落的那本证书归回去，歪着头看了一遍。她记不清不知有多少次自己一个人，怀着骄傲的心情将它们一遍遍地爱抚。不管生活中遇见什么不如意的事，不管工作上有怎样巨大的无法排遣的困惑，每一回当激动的目光流过这些喜人的"红娘子"时，她就醉了，无穷尽的力量就又重新回到身上来了……

燕燕静默了好长时间，然后，她起身，缓缓地将架子上的荣誉证书拿下来，一本叠着一本，参差不齐，足足有两尺高。她像抚摸自己的儿子一样怜爱地抚摸着它们，一股相濡以沫的温情油然而生，一遍一遍地、一遍一遍地……突然，豆大的泪珠犹如决堤的洪水"吧嗒""吧嗒"地落到了荣誉证书上，亮丽的红绸缎面迅速被泅湿，变成了暗红色的……

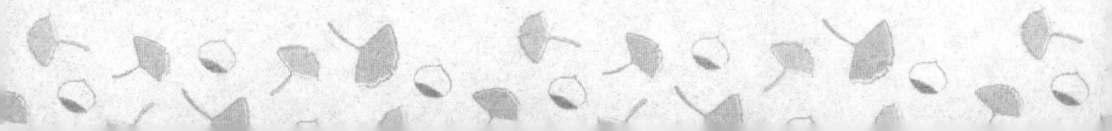

后记

向光阴致敬
——龙师三十周年记

　　"光景不待人，须臾发成丝。"在时间的流逝里，捻指之间，所有的人、事、物，都毫无幸免地打上了岁月的痕迹。

　　整整三十年，我一直怀念她——"龙师"，我教育生涯的启蒙之地。"龙师"起源于漳州丹霞书院，专门培训师范人才，虽然中途经历多次变故。我1987年入学，学制三年，1990年毕业。2003年"龙师"被合并为漳州教育学院，2007年又被改为漳州城市职业学院，2008年与漳州电大置换校园。曾经培育我走上教师之路的"龙师"已不复存在，如今成为漳州电大、龙师附小两所学校的校园。毕业后我好长时间没有再回去过，前几年去龙师附小听课，触景生情，心底满满的失落与遗憾。"龙师"于我们这代师范人，已成了记忆中遥想的母校。

　　我一直感恩于她。

　　小学三年级时，三十五岁的父亲病逝。等到我初中毕业，叔伯替母亲筹划着我的未来：要么报考师范院校当老师，要么报考卫校当护士。一个人有个一技之长，走到哪都有饭吃。况且国家包分配，毕业不愁没有工作，国家还有生活补助，起码生活有保障。

　　我不喜欢护士，觉得教师更体面、优雅一点。

三十年前的九月，我比较顺利地跨进龙师的大门，虽然中考语文考砸了，120分的卷子竟然只考个78分，刚过及格线。记得当年中考，第一天早上考语文，不知什么原因考完出来一直哭作文离题了，惹得班主任兼数学老师狠狠地数落我：下午数学还考不考？不考就回家。

那时选择职校的孩子，成绩必须非常优秀。为了弥补语文成绩的落差，我到龙海一中的体育场加试体育项目时，非常卖力地完成各种项目的测试，整个过程心情是紧张忐忑的。当时只有一个想法，如果师范上不了，高中也不想上，打算直接进社会讨生活。幸好被龙师录取，如愿以偿。

龙师三年求学生活，对我一生的影响非常深远，时至今日，还感念于心，所以有必要记录下来。

（一）

龙师大门紧邻新华南路，往北走就是漳州长途汽车站，底下县城的人来市区一般都在那下车，交通非常便利；往南是战备大桥，底下就是九龙江，我们周六周日经常去江边的洋老洲野炊，锅碗瓢盆，嘻哈哼唱的，热闹得不得了。

走进大门，一个不大的池塘被正中一座还算宽阔的水泥桥一分为二，直达学校图书馆。两边桥头各站着一棵上了年纪的凤凰树，大门边这棵比较矮小，树下的小凉亭成为等人、乘凉的好地方；图书馆的那棵特别高大茂盛，伞形的树冠成为校园一大景观。因为一入夏，细密的如羽毛一般的树叶丛中，渐渐透出红来，然后慢慢的，慢慢的，几天再抬头望去，整棵树火红火红的，犹如燃烧的火焰，掉落于地的花瓣铺成了一层厚厚的红地毯，想不让人伤感都困难。"花开六月凤凰红，学子生涯时有终。不舍依依离别意，前程各奔志如鸿。"毕业那年，红艳艳的凤凰花成了我们拍照留影的背景，浓烈的离别之情一次又一次泗湿了我们的双眼。

图书馆在我们刚去的时候很简陋，后来就地重建，崭新气派多了。很多同学逢假日就往图书馆跑。那时娱乐消遣的活动不多，出校门顶多逛街、看电影、找小吃；在校内，打球的热闹，贪图安静的都躲到图书馆，但工作人员按时上下班有点遗憾。平时我凭借书证借上三五本带回宿舍，躺在床上看书最惬意。尤其雨天或假日，没有回家，没有上街，可以窝在被窝里看上一整天。窗外滴滴答答的雨声，让人满腹愁绪百转千回。

桥的左边是琴房。琴房临水而建，悬于水面的窄窄的走廊，串联起十几间琴房，独具特色。叮叮咚咚的琴声洒落在静静的水面上，仿佛跳动着无数精灵般的小音符。琴房窄小，只容得下一张脚踏琴和一只板凳。琴房几乎天天爆满，连寒暑假都有人留下来练琴。你若想比较从容地拿到一间，还得赶个大早候门，阿姨开关门都有时间点的。

我喜欢音乐，尤其弹琴，可以独自一人待在琴房里，一个上午几十遍地重复弹奏一首曲子，但实在欠缺天赋，即使乐谱弹得熟练，一到音乐老师那就乱了手脚，弹错音符、节奏紊乱，简直有辱老师门风。

我的音乐老师是师范出名的女高音——欧阳小萍，一张嘴，浑厚、富有磁性的声音简直把人带上云霄，令人由衷折服。她对学生极为严苛，学生表现稍有差池，马上拉下脸当众批评，毫不留情面。上她的课，我们不仅不敢逃课，连上课也如履薄冰，都要打起十二分精神。尤其琴课，一首练习曲练了几周，觉得差不多了，一旦坐到她面前，还是会被她指出个错误一二。碰到她情绪不佳，马上拍拍你的手指头叫停，一副嫌弃的样子。在她眼皮底下，散漫、作假、蒙混完全行不通。班上彩治、佩蓉、碧珊、阿梅、明强、瑞川、景宗等同学深得欧阳老师宠幸，因为他们拥有一副天生的好嗓子，与生俱来的乐感，让他们在音乐课上如云得水，让我这个五音不全、唱歌跑调的人落荒而逃。我打心眼敬畏欧阳老师，虽然我也曾当众出丑多次，甚至弹琴时被她敲过手指头。

琴房背后是音乐教室。楼房中间有个小规格的篮球场，适合练习投篮。即使这样，一到放学，还是满满当当的人。

比较正规的篮球赛会安排在西边的大操场。大操场除了一个标准规格的篮球场，竟然还安排了个排球场，勉为其难地规划了一圈 800 米的跑道，供同学跑步、打球锻炼之用。同学毫不嫌弃简陋，晨操夕练，乐此不疲。

当时我幸运地被体育老师朱明华选进校排球队，每周三下午到体育馆练球。我自小瞧不起自己的身材，又矮又胖，肉嘟嘟的，根本不是运动的料子。朱老师选中我，我非常珍惜，每次训练都不遗余力，汗流浃背的。让我感到安慰的是，有一次朱老师竟然夸我弹跳好，让我小激动了几天。我们曾经在操场的排球场比赛过几次，输赢倒是其次，就是当众摔跤跌倒擦破皮流了血的颇为尴尬。

记住朱明华老师，还因为普三时她教我们备课，写体育教案，用线条画小人，表示各种各样的体育动作，简单明了，生动有趣。

（二）

大操场，每周一升旗例会最热闹，全校师生都必须参加。每学期的开学典礼和结业典礼一般由校长主持，平时大都由政治处主任主持，讲讲上周同学的表现，一些好人好事，一些不好的现象和行为，都是早会的话题，还有本周的计划安排、活动赛事等。

印象里，政治处林精华老师、黄聿修老师主持早会较多。我对黄聿修老师比较亲近。他是角美人，老房子刚好在我家姑姑对面，可能姑姑有求他多多关照我，平时路上见面都特别热情，询问我的学习生活情况。尤其每学期结束，公布年段奖学金名单后，他都会乐呵呵地跟我说：不错，替我们角美人争光！这位宽厚仁慈的老者，像父亲一样给我默默的鼓励和支持。

有一次路上再次碰面，他悄声责怪我：为什么不上我家去坐坐？说真的，龙师三年，我竟然从没去过他家，不知什么原因。他的家就在我们女生宿舍楼的东边，隔着一条过道而已。毕业后，一次我去漳州参加自学考试，专门去他家拜访。他见了我非常高兴，留我吃午饭。期间具体说了什么不大记得，只记得黄老师亲自下厨炒了一只鸡，油光发亮的鸡块，香喷喷的，非常好吃。

前年，黄老师回角美特意找上我，一见到我，非常熟稔地叫出我的名字，还记忆犹新地惋惜我当年没有坚持上福师大继续深造。他聊起他退休后，为了不给孩子添麻烦，坚持和爱人住在龙师教师宿舍楼，二十年来一直照顾瘫痪的爱人，管吃管喝，洗漱换衣，直至爱人离世。谈述期间，黄老师神情平静，毫无凄苦怨艾。一个八十几岁的老人能如此行动利索、思维清晰、从容淡定，令后辈敬仰。

（三）

操场正南，就是我们的教学楼，有五层。我们的班级是 87 级 1 班，在二楼最东边的教室。一个班级 40 人，每个同学被编上号码，我是 6 号，三年不变。四十几个同学来自不同的地方，市区、龙海、长泰、平和、南靖、华安，男男女女，非常热闹，非常团结。上课认真，没人逃课，老老实实地听课写作业；晚自习19:00~21:30结束，也是非常规矩。

最开心最放松的是晚饭后到晚自习期间，允许看电视。有段时间风靡全球的动画片《唐老鸭和米老鼠》，成了我们晚饭后的娱乐节目。大家一吃完饭，都不回宿舍洗澡换衣，而是坐在教室里看片子，看到精彩处，不时发出震天响的笑声。我清楚地记得，我和秀礼同学的笑声最响，"哈哈哈""哈哈哈"，惹得大家反而笑话我们俩。

而兰英、顺珍、德新、朝东、瑞川几个爱好写字的同学，见缝插针地在后面的黑板上一笔一画地练习粉笔字，怪不得有一手好字落之笔端。

我们87级1班的班主任是杨素华老师。一个矮矮胖胖的老人，整天笑眯眯的，比自家姨婆还亲切。她心细如发，对女孩子尤其关照。哪个同学上课时状态稍微不佳，她马上会注意到，一下课就过来嘘寒问暖。女孩子每月总有几天不如意的日子，痛经又不是病，请不了假，勉强撑着上课，趴在桌上软塌塌懒洋洋的，如果被她发现了，大手一挥：回去吧！回宿舍躺躺，记得喝点红糖水。像妈妈一样的关怀，温暖了我们这些远离父母的孩子，放假就喜欢寻上她家闲唠嗑，她水果点心热情招待。

杨老师上数学非常投入，非常富有激情，上起课来完全沉浸在她的世界里。如果有谁捣蛋说话，她会狠狠地瞪你一眼，嫌弃你惊扰了她。冬天还好，天冷，一到夏季，一堂课下来她满头大汗的，连衣服都湿了，她经常带条小毛巾擦汗，讲到动情处，顾不上擦汗，汗就顺着鬓角流到脖颈上。风扇在头顶"嘎吱嘎吱"地响，一点也不顶用。杨老师身体力行，如此敬业的精神是我们的典范，从我走上讲台的那天起，每节课我都是站着上课的，即使人不舒服也不愿坐着讲课，除了保持上课饱满的状态之外，还有对孩子们的尊重。

我们的文选老师是林志坚老师，满腹的激情毫不逊于杨老师。他接手我们班时，好像刚毕业不久，非常年轻，跟我们玩在一起看不出年纪，完全没有老师的架子。

最让我动容的是林老师的朗诵技艺，字正腔圆，抑扬顿挫，激情澎湃。他只要一开口，整个课堂宛若他的世界，有点君临天下的气势，底下同学鸦雀无声，都沉浸在他款款深情的朗诵里。若读诗歌，更加曼妙无比，一会儿低沉婉转，一会儿慷慨激烈；一会儿缓如漫步，一会儿疾如快马；一会儿潜入深海，一会儿飞跃云端……刚开始听他的朗诵，还不适应，暗暗窃笑附和，几节课后，慢慢发现，林老师简直是一个杰出的朗诵家、表演家、戏剧家，看似平白乏味的文字，一经他的解说、点拨、朗读，全都活泼了起来，跳脱起来。

林老师喜欢点评我们的作文，点评时非常犀利、精辟。有幸当作范文点评的更是受宠若惊，因为他对作文语言要求相当苛刻，即使你认为很完美的一篇文章，到他手里，也被批得毛病百出，你只好老老实实再写再修改。有时心里有怨气，还会一边改一边偷偷骂儿句。但是骂归骂，作业还是得老老实实记得交。宏华、南华、秀玉同学的文笔深得林老师赞赏，经常当范文朗读。我们几个爱好文字的人也凑上去与林老师探讨、切磋，文章技法受益不浅。

普二的时候，班主任换刘汉庭老师，他是我们的体育老师。人高大壮硕，魁梧的身材，黝黑的皮肤，纯粹美男子一个。我们最夸赞的是刘师母，白皙的皮肤，饱满的脸庞，贵妃一样的美，让我们惊若仙人。她和刘老师非常登对，是"龙师"一道亮丽的风景。刘师母在图书馆上班，看到我们 87 级 1 班的同学都特别热情，特别关照，深得同学喜爱。

刘老师周六周日喜欢邀请同学到他家做客。那时他住在食堂后面的平房里，老房子，但有个袖珍小院子，跨过院子进入客厅，厨房紧邻客厅，虽然小但整洁温馨。刘老师经常请鲜少回家的同学吃饭，记忆最深的一次是包饺子。我和一冰、秀玉、月春、碧云几个同学和刘师母在客厅的桌子忙活，刘师母擀的面皮小小的薄薄的，刘老师捏出的饺子小巧精致，个个昂首挺胸的。我暗暗称奇，两人真是天仙配。我手脚笨拙，捏出的饺子不是露了馅，就是破了皮，窘态十足，而刘师母宽容地说：你歇着吧，只等吃饺子好了。

记得回宿舍的路上，秀礼咂着嘴对我说：这是我平生第一次吃饺子，太好吃了！其实，那也是我人生中第一次吃饺子，第一次亲眼看到饺子怎么来的，那么珍贵，如今回想起来，似乎香香的韭菜味儿还留存在我的舌尖唇齿之间。

除了常规体育课，刘老师还给我们上太极拳。刘老师看起来膀大腰圆，但打起太极来别有风味。我们就在操场边的榕树下，旗台边。刘老师在前边示范，一招一式甚是娴熟，他的动作刚柔兼济，浑然一体，甚是诱人。我们在后头依样画葫芦地比画，悟性高的人马上像模像样地跟着刘老师，而我非常尴尬地僵在那里，觉得每一个动作都如此艰难，上一个动作与下一个动作，完全无法和谐流畅地交接，像木偶一样在那里伸胳膊摆腿的。所以上太极拳课，对我来说是一种煎熬。有时我宁愿去跑道撒开腿跑一跑才痛快。幸好太极拳课仅是练练而已，不做考查项目。

刘老师当上班主任后，班级体育锻炼气氛就浓厚多了，晨跑出操的多了，晚上跑步打球的也多了，尤其运动会更是人才辈出。各个项目报名参赛的踊跃很多，赛前集训刘老师跟得紧，一个一个手把手示范，陪跑、陪练，费尽心血。结果那年的运动会我们班比赛成绩突出，获奖人次倍增，几个运动健将：影珠、建英、长贵、江河、坤勇、顺明、瑞川成了班级的骄傲。87级1班排在年段前列，归功于爱生如子的刘老师。

美术老师杨松青，才华横溢，不仅写得一手好字，还画得出色。他特别严谨，话不多，语速缓，做事节奏慢，但较真，每次品评作业非常细致，一板一眼，有时一节课就只讲评一份作品，但听完他的点评再来修改作业就轻车熟路。舍友兰英同学的素描作业相当棒，每次都受杨老师表扬，结果她越画越爱画，直至今，还画笔不辍，兴趣不减。可见一个老师的教学魅力，对一个孩子的影响是长远的。

我原先对素描也感兴趣，也被表扬过几次。记得一次是油画作画，颜料撒在水面，然后宣纸覆盖其上，吸附颜料，自然成画，那次我的作业也得到杨老师的好评。本想深入学习，只因天赋浅薄，只好悻悻作罢。

"龙师"，还拥有许许多多这样的老师，一生兢兢业业，三尺讲台默默坚守，倾其一己之力，培养一代又一代师范生。

"玉壶存冰心，朱笔写师魂。谆谆如父语，殷殷似友亲。"感恩你们，我的老师们，从你们的身上，我接过了知识传承的火把，延续太阳般的教育激情，以及职业道德的操守。"新竹高于旧竹枝，全凭老干为扶持。"将近三十年的教育教学生涯，我无时无刻不感受到你们对我人格品行及教育理念的影响。此生"不忘初心，矢志不渝。"在一年又一年的摆渡里，体验教与被教，爱与被爱，尊重与被尊重的幸福。

（四）

桥的右边，临水而建是澡堂。冬天开放供应热水，一般一周去个两趟就很奢侈，因为需买票，两角钱。拮据的同学更是舍不得花费，两角钱可以买四个馒头的。我去的次数也不多，每次去都像过节一样，和舍友打闹嬉戏的。每次搓完澡出来，如果刚好池面上吹来一股微凉的风，那种舒爽劲儿让人忍不住想高歌一曲。怪不得每次去澡堂，都能听到同学随着哗哗的水声兴奋而起的歌声。

图书馆右边是男生宿舍，最北面是女生宿舍。白天是紧张的，尤其早上出操、早自习，悠闲的不多，最热闹的是晚自习结束，最放松最恣意的时刻。男生唱歌的唱歌，弹琴的弹琴，不会唱歌弹琴的就敲脸盆闹着玩，脸盆敲累了，干脆扯开喉咙狂吼狼嚎，引得女生笑话。女生宿舍倒是安静许多，回来忙着洗澡换衣洗衣，顶多宿舍之间串门聊天说笑，吃点心。

我们601宿舍十个同学来自不同的地方，龙海石码的一周可回一次家，长泰、平和、华安的基本一两个月回一次。印象最深的是秀礼同学，她来自平和九峰，路途遥远，一学期才回一趟家。哪个舍友回家对我们都是节日，她们会带来家里的特产小吃给我们分享。石码的南华、碧鸿、佩珊会带来五香、粽子、沙梳包，长泰的宏华带来芦柑、蜜橘、姜片，华安水凤带来芝麻饼、蜂蜜，平和兰英、芙蓉带来蜜柚、枕头饼、生仁糖、荔枝；平和的秀礼曾经带来炒米茶，就是油锅炒香面粉，放进油炸的葱花，吃的时候可以放糖、放盐，好吃得不得了，连她带来的炒咸菜，我们也抢着吃；市区的月英带来各种应季水果、糕饼。我记得母亲会让我带上粽子、菜包、红龟粿，跟舍友分享。点点滴滴的美食，已经成为久远的记忆，物是人非，情深意长。

记得有天深夜，我突然肚疼，痛苦的呻吟声搅醒了舍友的美梦，她们吓了一跳，看到我在床铺上翻来滚去，马上跑去叫刘汉庭老师。刘老师赶来，叫来120，把我送进市医院急诊室，原来是急性胃肠炎。刘老师帮我垫付了医药费，事后我竟然忘记跟他还账。医生打针开完药，兰英、水凤一路护送我回家休养。点点滴滴的情意，怎能忘记？

我还记得，我们601室多次被评为"优秀宿舍"，虽然我是宿舍长，但舍友比我更用心，每天轮值的人清洁、整理宿舍，除了地板干净，蚊帐、床铺整洁，棉被叠放方向一致，更夸张的是十个人的水杯要摆成一条线，整理完毕，还要模拟检查的人，站在窗外往里巡视。如果哪周没有获得奖励，大家都垂头丧气的，沮丧极了，之后马上齐心协力查找原因，再接再厉。

毕业后，我这个宿舍长空有虚名，几次有心聚会，因七七八八的缘由，无法成行，实属遗憾。

（五）

宿舍西边就是学校的食堂。

那时国家对师范生发放生活补贴，每月饭票28斤，菜票33元。女生正常一个月饭票吃不完，剩下来的可以买馒头，那时食堂馒头是稀罕物，带回家分给家人吃，也是一件愉悦自豪的事情。菜票一般不大够，家里还要贴补一些。但是家境确实困难的同学，每天精打细算，尽量不超标，因为不够的话再跟家里要钱很难开口。

我记得，食堂里的米饭是蒸的，切成四四方方的一块，两角钱，一份素菜两角钱，包菜、豆芽、豆角、花菜、空心菜；荤的五角或一元，炒三层肉、瘦肉丝。我印象最深的是炸巴浪鱼，一条一元，香香的，脆脆的。中餐比较丰盛，早餐简单，稀饭配煎蛋、咸菜、榨菜丝、花生米，豆浆配馒头、油条，一元多就可以解决。

三年的食堂，百吃不厌，菜式比家里丰富多了，还有口袋确实没有多余的钱可以随意挥霍。我们最奢侈的是，三五个舍友周六周日到街上，寻上一碗四果汤、猫仔粥，或卤面、沙茶面，就是打牙祭解馋了。

在物资匮乏的年代，人们对食物的渴求与欲望比较强烈，除了解决温饱，任何口舌上的美味都让人回味无穷，记忆犹新。时间如水，逝去无痕，唯有记忆是美好的，唯有情意是深长的。

毕业离校前一晚，学校在食堂特意为普三全年段师生举办了聚餐晚会。两百多名同学齐聚一堂，欢声笑语，热闹非凡。但到尾声，许多同学竟然流泪了，握手、拥抱，连老师也动容，眼眶发红。大家知道此日一别，难以再见。我平生第一次跟同学喝啤酒，第一次尝到了酒的苦涩滋味，也第一次酒精过敏，全身发红、肿胀。那次，瑞川同学的一曲《再回首》，听得众人泪流满面。

时间的河流不可抗拒地往前奔流，任何回首，只有满怀的伤感与怀念。

"龙师"三年，同学一场，终有一别。光阴荏苒，白驹过隙。"流光容易把人抛，红了樱桃，绿了芭蕉。"曾经风华少年，如今皱纹渐生，华发成霜，唏嘘感慨。"龙师"，我永远的母校，恩情深重，铭记于心。

话外有话

注：1987年进入龙溪师范学校学习至今，已三十一年。适逢这本小书整理，出版之际，写此文纪念我的龙师生活。可以说，若无龙师，则无此时仍为教师的我，三十一年的摆渡人生活。

与文字
结缘

与文字结缘，大约是在六七岁记事起。

那时父亲到镇上邮局给我们几个姐妹征订《儿童文学》《少年文艺》等报刊。刚开始识字不多，父亲晚上休息的时候，带我们阅读。几次之后，我等不及了，自己生吞活剥、囫囵吞枣地阅读。连蒙带猜，一知半解。

世界豁然打开。崭新的，神奇的，令人向往的。我犹如一只不小心扑进花园里的蜜蜂，跌跌撞撞、欲罢不能。

记忆里，黄昏时分放学回来，夕阳斜照在门口的墙壁上，淡淡的，暖暖的，我倚靠石壁，就着微黄的余光捧着书看，直到天色昏暗下来，直到母亲急切的叫唤：鸡鸭赶回来了吗？猪喂了吗？饭菜热了吗？于是慌里慌张地扔下书，急急忙忙地干活，急急忙忙地吃饭，急急忙忙地做作业，然后，再次心安理得地看书。

要是冬天更好，可以躲在被窝里看书，非常舒服。每次都要母亲催促关灯睡觉。有时看着看着，歪倒一边睡了，一觉醒来，灯还亮着，却已是夜深人静。

那时看的书杂的很，没什么可挑。只要谁家有书，就急巴巴地赖着脸上门借书；有时到镇上书摊租书看；实在没得看，连包东西的废报纸或有文字的纸张，都看个欢喜。

我的小学阶段作文一直表现平平。五年级时，换了个代课老师，隔壁村的，叫毛勇胜。毛老师非常喜欢我的作文，他越表扬我，我就写得越起劲。有次学校组织高年级同学去镇上电影院包场看电影，回来写观后感。我一口气写了十张稿纸，毛老师给了我一个大大的"100"分，还在讲评课上狠狠地表扬了我。那份骄傲劲儿如今还记忆犹新。

上初一，幸运地遇到刚大学毕业的林银叶老师，一个娇小柔美和气的女老师，稍微激动脸颊就红得像喝了酒。我们非常喜欢她，爱上她的课。我写文章的热情再次被点燃。她的每次作文点评，满足了我小小的虚荣心。一页页密密麻麻的日记见证了一个少年艰难的心路历程：自卑、困顿、迷茫、无助、纠结。借助文字诉诸笔端，也是我青春期的一种释压方式。

考上龙师，文选老师林志坚的鼓励和点拨，使我对文字的兴趣越来越浓厚。尤其加入龙师文学社，陈忠厚校长致力于文学社建设，经常组织各种各样的活动，曾到南靖原始森林探秘，东山岛踏浪，师院听讲座，以及文学社"百草园"社刊的编辑出版，给我打开了一个更为广阔的文学天地。文字成了我抒发性情的挚友。

在陈忠厚校长的推荐下，我勇敢地向漳州文学杂志《芝山》投稿，那时陈文和老师任主编。我的文稿幸运地被录用，刊载在杂志上。那种被认可、受赞同的喜悦，比考试得一百分还高兴。

毕业分配到金山小学，除了教书、自考，更多的是借助文字排遣内心那些忧伤和愁闷。即使文章屡次投稿石沉大海，但或多或少成了我生活的精神支柱。

　　有一天，发表我文章的《芝山》杂志投寄在镇上姑姑的杂货店，鹏刚好去那买衣架，看到桌上的大信封眼睛一亮，惊喜地要求：我能拆开看看吗？姑姑大为不悦：别人的信怎能随便乱拆？

　　鹏回去老皮那报告：角美有个写作的女孩，在金山小学。那时他们几个志同道合的朋友正在组办"倒塌"诗社，于是找上我。我立马跟风而上，像找到组织一样亲切熟稔，聚会讨论聊天。

　　一来二去，我和鹏恋爱、结婚。鹏与生俱来的语言天赋让我折服，他有一种超常的语言感知力和描述力，让我这个科班的中文生都自叹不如。为了与他举案齐眉，并驾齐驱，我非常努力地学习写作，每次写完文章都毕恭毕敬地请他指正，他也认认真真地帮我修改补充，甚至投寄到各种各样的报刊。每次收到发表我文章的样刊和稿费时，我都是特别特别的喜悦。我追着他的脚步慢慢前进，文字功底日渐增长，我心生感谢。文字的种子已经渗入我们的日常生活中，成为我们彼此的兴趣爱好，交流话题，娱乐消遣节目。

　　文字，有一种神奇的魔力，向我打开一个宽广无边的世界，让我记录人生百态，感受真善美，收获爱情，让我平庸乏味的生活，年复一年的工作情趣横生。或许，它不会给我带来名誉，带来财富，但它给我的人生之路铺满了诗意和浪漫的鲜花。